Ilse Weber · Kinder der Liebe

Von der Mitte des 19. Jahrhunderts bis nach dem Ersten Weltkrieg erstreckt sich die spannende und anrührende Geschichte zweier Familien, einer lothringischen und einer schwäbischen. Die eine ist streng katholisch, die andere evangelisch, trotzdem kommt es zwischen ihnen zu ehelichen Verbindungen. Aber in jeder Generation werden auch »Kinder der Liebe« geboren, sogar mit Beteiligung des Hochadels. Einige Töchter werden »bewahrt«, aber dadurch nicht unbedingt glücklicher.

Die Familie von Marie-Barbe und Adam zieht ins ferne Ruhrgebiet, der materiellen Sicherheit wegen. Die Söhne und Töchter wachsen heran, und es wiederholt sich das Muster von der besorgt eingreifenden Mutter und den »Kindern der Liebe«, die sich nicht verbieten lassen.

Liebesgeschichten, Heimlichkeiten und Unglücksfälle wechseln sich ab. Auch der Zeitgeist und die Politik wirken sich auf das Schicksal der Menschen aus. Doch immer wieder bewährt sich der Familienzusammenhalt. »Kinder der Liebe« ist ein lebensechter Familienroman, der auch die Sitten im Wandel der Zeiten spiegelt. Die Autorin zeichnet die Figuren und ihre Schicksale liebevoll und mit feinem Humor.

Ilse Weber

Kinder der Liebe

Roman

Februar 2003
© 2003 Ilse Weber
Satz und Layout: Buch & medi@ GmbH, München
Umschlaggestaltung: Kay Fretwurst, Spreeau
Herstellung: Books on Demand GmbH, Norderstedt
Printed in Germany
ISBN 3-8330-0016-3

1. Kapitel

Lothringen

Man schrieb den 10. Juni 1859. Marie-Anne, die hübsche Tochter der Madame Blaise, feierte ihren Geburtstag. Sie wurde süße siebzehn Jahre alt. Ihre Mutter, eine eher herbe Frau, hatte ihr erlaubt, ihre Freundinnen an diesem Nachmittage einzuladen.

Intima war ihre Kusine Louise Fédaux, ein lebhaftes und immer fröhliches Mädchen. Als viertes und zuletzt geborenes Kind des Ehepaares Fédaux teilte sie nicht deren vorherrschenden Hang zur Frömmigkeit, sondern sah im Gegenteil mit Befremden auf ihre Geschwister, von denen die älteren, Zwillinge, beide bereits bei den Englischen Fräulein in Nancy als Novizinnen eingetreten waren. Sie wurden dort Nonnen und gleichzeitig zu Lehrerinnen ausgebildet.

Die Englischen Fräulein hatten gerade in Montigny eine Töchterschule eingerichtet und hofften auf Zuspruch von Seiten der aufkommenden blühenden Bürgerschaft. Ihr Bruder Pierre, der zwei Jahre älter war als Louise, ein in sich gekehrter junger Mann, hatte sich bereits für das Priesteramt entschieden. So blieb bei den Eltern Fédaux die Hoffnung auf Enkel einzig auf ihre jüngste Tochter beschränkt.

Jetzt war sie ein frisches siebzehnjähriges Mädchen und zusammen mit Senta Luxembourger bei Marie-Anne Blaise zum Geburtstag zu Gast. Senta war Jüdin, was jedoch der Freundschaft mit den streng katholischen Klassenschwestern keinerlei Abbruch tat. Die Angehörigen der jüdischen Gemeinde im Bereich von Metz waren im Allgemeinen wohlhabende Leute. Madame Luxembourger hatte eine Benimmschule in Montigny, unweit von Metz, gegründet, dem Ort, in dem auch die Blaises, Mutter mit Tochter, Wohnung genommen hatten.

Madame Blaise war 1844 mit ihrem zweijährigen Töchterchen aus der Bannmeile von Paris nach Lothringen gezogen, hauptsächlich deshalb, weil ihre älteste Schwester dort lebte, deren Ehemann Soldat war und in der Garnison Metz Rekruten ausbildete. Henriette Blaise galt allgemein als junge Witwe, die sich in Montigny niederließ, weil sie bei der älteren Hélène die familiäre Anlehnung suchte, die sie nun einmal brauchte.

Zunächst hatten sie im Hause der Fédaux gelebt, was der Schwager mit leisem Misstrauen betrachtete, da er ja bereits eine große Familie durchzufüttern hatte. Bald war er jedoch beruhigt, da seine Schwägerin offensichtlich über einige Barmittel verfügte. Es dauerte auch nicht lange, bis sie ein eigenes Haus, ja sogar einige Obstwiesen sowie ein ansehnliches Waldgrundstück erworben hatte.

Sie genoss allgemeine Anerkennung und das Mitgefühl der Nachbarn und Mitbürger in Montigny, weil sie so jung allein geblieben war.

Ihre Tochter Marie-Anne wurde gut erzogen. Sie lernte eine Menge und war dann auch, wie sich später herausstellte, eine keineswegs schlechte Partie.

Am heutigen Geburtstag bewirtete sie ihre Freundinnen mit Kaffee und einem wunderbaren Baumkuchen sowie mit Baisers aus der mütterlichen Küche, die mit Mirabellenkonfitüre gefüllt waren. Draußen schien die Junisonne auf die gesegnete lothringische Landschaft. Die jungen Mädchen wünschten daher einen Spaziergang durch die Wiesen zu machen, um zu sehen, ob die Mirabellen gut angesetzt hätten. Als nächstes bereitete Madame Blaise einen schmackhaften Mirabellenlikör, der sich gut verkaufen ließ und somit ihre Haushaltskasse auffüllen half.

Sie selbst boten einen herzerfrischenden Anblick. Festlich gekleidet war Marie-Anne diejenige, die auch in der Wahl ihrer Kleiderfarben am verhaltensten war. Hellblaugrau mit weißem Spitzenkragen, passende Haarschleife im nach oben geflochtenen Zopf. So auch Louise, nur dass ihr Sommerkleid lebensfroh, ja fast aufdringlich wirkte, da der Stoff über und über mit Klatschmohnblüten bedruckt war. Natürlich stammte es von einer ihrer älteren Schwestern, die ja als angehende Nonne etwas derartiges nicht mehr trug. Madame Fédaux stichelte ständig an etwas herum, und die Jüngste musste fast immer Umgeändertes anziehen.

Am elegantesten war einwandfrei Senta, scheinbar einfach, aber im Schnitt und Material edel hatte das Kleid eine Farbe, die gerade in Mode kam, man nannte es fleischfarben. Die Luxembourger-Damen bezogen ihre Garderobe in Metz oder gar in Paris. Senta hatte als einzige ihr schwarzes Haar zu einem Zopf geflochten und trug in der Hand einen zum Kleid passenden Sommerhut.

Der Geburtstag fand seinen Abschluss in der Rosenkranzandacht, die heute vom Chorgesang der Marienkinder musikalisch bereichert wurde. Natürlich gehörten auch Marie-Anne und Louise zu den Marienkindern. Senta bedauerte, nicht mitsingen zu können. Aber sie hatte großzügige Eltern und durfte beim Chorgesang zuhören. Manchmal zündete sie auch mit Marie-Anne eine Kerze an für deren früh verstorbenen Vater.

Die jungen Damen schwatzten jetzt noch eine Weile im gepflegten Lothringisch, einem Dialekt, der mit französischen Worten und Redensarten munter durchsetzt war, von ihren Erlebnissen in der vergangenen Saison. Sie hatten alle zusammen Mme. Luxembourgers Tanz- und Anstandsstunden genossen. Marie-Anne hatte noch das schöne, stille Lächeln von Claude vor Augen, wenn sie sich bei der Française begegneten, und träumte heimlich von diesem Lächeln. Claude war der Bürgermeistersohn von Montigny. Er tanzte hinreißend, fand Marie-Anne.

Sehr viel Zeit zum Träumen hatte sie allerdings nicht. Ihre Mutter beschäftigte sie ausgiebig im Hause und im Garten, der viele gepflegte Reihen von Kräutern und besonderen Pflanzen aufwies. Von diesen Gartenkräutern sowie zahlreichen anderen, die sie im eigenen Wald suchten, kochte Henriette Tinkturen und Mixturen, machte Extrakte, setzte sie mit Alkohol an oder verkochte sie mit Fetten. Ja, sogar eiserne Ketten wurden ausgekocht, um diesen Sud an bleichsüchtige Mädchen zu verabreichen. Sie war eine begehrte Kurpfuscherin, eine weise Frau, die Krankheiten zu heilen vermochte und von vielen Leuten aus dem Städtchen, sogar aus der weiteren Umgebung aufgesucht und in Krankheitsfällen um Rat gefragt wurde. Ihr

Mirabellenlikör, ihre Tätigkeit als Heilerin sowie eine kleine Zucht von Lämmchen und Zicklein – dies besonders zu Ostern – sorgten dafür, dass Mutter und Tochter ein gutes Leben führen konnten. Nein, sie waren nicht arm.

2. Kapitel

Henriette Blaise hatte nun, kurz nachdem Marie-Anne 17 Jahre alt geworden war, ein ernsthaftes Gespräch mit ihrer Tochter.

»Warum, Frau Mutter«, sagte Marie-Anne gerade mit einem gewissen Trotz in ihrer Stimme, »soll ich diesen Christophe Grimme heiraten, den ich gar nicht kenne und noch nie gesehen habe? Ich möchte überhaupt nicht heiraten, jedenfalls nicht jetzt, findet Ihr nicht, dass ich noch viel zu jung bin?«

»Du hast gerade das richtige Alter zum Heiraten«, entschied die Mutter ungerührt. »Christophe ist ein fertiger Maurer und übernimmt das gut gehende Geschäft seines Vaters. Als Erstes wird er einen Anbau an unser Haus anfügen, damit wir genügend Platz haben, wenn die Familie größer wird. Seine Mutter ist eine geborene Bour, und die Bour-Linie ist ganz besonders achtbar und wohlhabend.«

Marie-Anne grauste es bei dem Gedanken an Heirat. Ja, wenn es noch Claude gewesen wäre, der ihr als Tanzpartner begegnet war mit seinem freundlichen Lächeln, dem konnte man wohl zugetan sein. Aber Christophe Grimmer, wer war das?

Mit diesen Gedanken entwich sie ihrer Mutter, um in aller Eile Louise aufzusuchen. Louise war so praktisch, sicher wusste sie einen Rat.

Louise fand die Sache eher zum Lachen. Ihre Mutter hatte ihr nämlich vor nicht allzu langer Zeit verkündet, dass sie Luc, den Förster von Forbach, heiraten solle. Natürlich müsse dies noch nicht sofort sein, aber demnächst, sobald der alte Förster seinen Dienst quittieren würde, um in Pension zu gehen. Sein jetziger Elève Luc wurde dann Forstmeister werden und die Försterei übernehmen. Louise kannte Luc eigentlich kaum, hörte aber sehr Gutes von ihm. Außerdem würde sie gern im Walde wohnen, in einem Forsthaus und mit Tieren. Sie wäre dann auch von den ständigen Heiligkeiten befreit, die in ihrem Elternhause herrschten: zwei Nonnen als Schwestern und einen Priester zum Bruder, da wolle sie schon lieber eine Försterfrau werden. Dennoch betrachtete sie ihre Kusine Marie-Anne mitleidig.

»Weißt du denn, warum unsere Mütter es so eilig mit unserer Verheiratung haben?«, erklärte sie schlicht. Marie-Anne blickte verständnislos.

»Sie wollen einfach keine natürlichen Kinder mehr in der Familie haben.« Louise kicherte.

»Was soll das denn heißen, natürliche Kinder?«, wunderte sich Marie-Anne. »Schließlich sind wir ja erst 17 Jahre alt.«

»Deswegen könnten wir doch Kinder haben«, antwortete Louise altklug. Gerade wollte sie frei heraus mitteilen, was sie von den Eltern hinter verschlossenen Türen gehört hatte, nämlich, dass Marie-Annes Vater Tante Henriette auch nicht geheiratet hatte, als sie auf die Welt gekommen sei. Natürlich wusste es in Montigny außer ihnen niemand. Die größere Abfindung, die Henriette von ihrem Geliebten erhalten hatte, weil er sie als Offizier nicht ehelichen konnte, wurde von allen für die Hinterlassenschaft von Marie-Annes früh verstorbenen Vater gehalten.

Louise hatte selbstverständlich gelauscht. Als sie jedoch nun das ahnungslose Gesicht ihrer Freundin und Kusine sah, wurde sie von Mitleid erfasst. Sie beschloss, ihr Wissen für sich zu behalten.

Marie-Anne hatte keine Hilfe erhalten. Sie ging deswegen fort, um allein nachzudenken. Artig begrüßte sie noch Tante Hélène mit Knicks und Handkuss und eilte davon. Allerdings machte sie einen Umweg durch die Wiesen. Sie erreichte den kleinen Bach, die Roussel, der im Allgemeinen munter daher floss und ihre Wiesen vom nächstgelegenen Nachbargrundstück trennte. Bei Hochwasser bildete er hier und da seitlich kleine Tümpel. In diesen Tümpeln tummelten sich Frösche und deren Nachwuchs. Marie-Anne saß an einem solchen Tümpel und starrte nachdenklich und unbeteiligt auf das quirlige Leben im Wasser. Auf dem angrenzenden Acker sah sie ihren alten Schullehrer Grohé, aufmerksam die Kartoffeln untersuchend, einher gehen. Er rief ihr etwas zu, und sie winkte höflich zurück. Er konnte ihr sicher auch nicht helfen. Als sich in der nächsten Zeit an ihrem Leben nichts änderte, wiegte sie sich hoffnungsvoll in dem Glauben, dass ihre Mutter den Heiratsplan aufgegeben oder wenigstens zurückgestellt hätte. Leider erwies sich dies als Trugschluss. Sie wurden in aller Form von Madame Grimmer-Bour zum Abendessen eingeladen. Dabei wurden sie mit der übrigen Familie bekannt gemacht, darunter dem Sohn Christophe, der blühend und gesund, dunkel an Haar, Augen und Hauttönung, sehr französisch aussah. Nicht nur das, er sprach es auch vorzüglich. Die Eltern Grimmer sowie Henriette Blaise begannen nun, über eine bevorstehende Verlobung zu beraten, womöglich im Herbst. Ein halbes Jahr später – sicher eine angemessene Zeit für die Jungen sich kennen zu lernen – jedenfalls noch vor der Fastenzeit könnte man die Hochzeit stattfinden lassen.

Christophe betrachtete Marie-Anne neugierig. Was er sah, gefiel ihm. Und wenn er erst das Baugeschäft vom Vater übernommen hatte, würde sie als Meisterfrau eine gute Figur machen. Dass sie ein uneheliches Kind war, störte ihn nicht weiter, außerdem hatte sie ja eine Mitgift. Sie selbst schien auch nicht darunter zu leiden. Später wurde er beauftragt, die Damen Blaise nach Hause zu begleiten.

Er sprach jetzt ganz unbefangen in echtem lothringisch über seine Zukunftspläne, wenn er erst das Militär hinter sich hätte. Die Unterhaltung am elterlichen Tisch hatte sich ausschließlich in Französisch abgespielt, obwohl doch sein Vater aus Diebelingen stammte, einem deutlich alemannischen und deutschsprachigen Ort.

Marie-Anne, nunmehr verlobt, blutjung und unerfahren, fragte sich jetzt doch, ob sie diesen jungen Grimmer eigentlich lieben könnte. Da sie die Liebe bisher nicht kennen gelernt hatte, demnach auch nicht wusste, was Liebe war, konnte sie sich auf diese selbst gestellte Frage auch keine Antwort geben. So lebte sie wie bisher mit der Mutter zu Hause und half dieser bei der Zubereitung von Arzneien und dem ständigen Einerlei der Hausarbeit. Viel Freude hatte sie an einigen jungen Hauskaninchen, die in einem neu erbauten Stall an der Hofmauer mümmelten. Madame Blaise hatte ein Rezept für eine Brandsalbe herausgefunden und erprobt, das auf der Basis von reinem Hauskaninchenfett hergestellt wurde und wunderbare Erfolge brachte. So hatte sie dem Schmied eine schier aussichtslose Brandwunde an der Hand geheilt. Dieses Rezept wurde sorgsam gehütet, und es erwies seine Heilkraft bis in die entfernten zukünftigen Generationen.

Der Handwerksmeister hatte aus Dankbarkeit eine wunderschöne Lampe geschmiedet und diese Madame Blaise verehrt. Henriette hatte möglicherweise in Montigny mehrere Verehrer, aber sie war immer nur allein oder in Begleitung ihrer Tochter zu sehen. Eine heimliche wie auch offizielle Werbung wurde von ihr mit Sicherheit nicht erhört.

3. Kapitel

Marie-Anne, das junge verlobte Kind, hatte jetzt die Erlaubnis, mit ihrem Zukünftigen spazieren zu gehen, oder, – mit der allgegenwärtigen Mutter auf der Galerie – im Stadthaus an geselligen Tanzveranstaltungen teilzunehmen. Ihr war es gleich, ob die Mutter ihr beim Tanzen zuschaute. Meistens schweigsam und auch ein wenig steif bewegte sie sich in Christophes Armen. Ein Seitenblick auf den liebenswerten Claude bei der Française trieb ihr fast die Tränen in die Augen. Auf der Galerie, die in folgenden Zeiten unter dem Namen »Drachenburg« allgemein bekannt war, saßen zahlreiche Mütter. Sollten zwar in der Karnevalszeit, und dies war unter den Mädchen eine stillschweigende Absprache, die Kostüme untereinander ausgetauscht werden, so bemerkten sie es nicht. Hatten sie doch immer einen Schornsteinfeger oder ein Dornröschen im Auge, auch wenn längst statt einer Marie eine Natalie oder Rosalie darin steckte.

Jetzt war es Herbst- und Erntezeit, und in Haus und Garten gab es viel zu tun. Ein drolliges Häschen musste sein Leben lassen, um verkocht zu werden, ein Ereignis, das Marie-Anne immer mit Kummer erfüllte, wenn sie vernünftigerweise auch einsehen musste, *welchen* nützlichen Zweck es für die Menschen erfüllte. Das, und auch die Tatsache, dass ihre Kusine und Freundin Louise sich auf ihre baldige Hochzeit vorbereitete und weniger Zeit für sie fand, grämte sie sehr. Die Spaziergänge mit Christophe Grimmer konnten ihr keine rechte Freude entlocken, es war eben zu schwierig, verlobt zu sein. Ihr aufregendstes Erlebnis hatte sie eines Spätnachmittags, als sie nebeneinander über die Felder gingen und sie, Marie-Anne, ein kaum noch zu unterdrückendes menschliches Bedürfnis überkam. Sie wusste nicht ein noch aus, auch nicht, wie sie ihm, Christophe, erklären sollte, warum sie sich von ihm entfernen musste. Eine ganze Weile verstand er ihre Wünsche nicht, die stockend und unbeholfen hervorgebracht wurden. Als es ihm endlich dämmerte, brach er zunächst in schallendes Gelächter aus. Doch dann bemerkte er einfach und gütig: »Dort drüben steht ein Busch, Marie-Anne, lauf schnell, ganz einfach hinter den Busch!«

Erleichtert, doch sehr beschämt kam sie wieder hinter dem Busch hervor und sagte entschuldigend: »Nicht wahr, es müssen dies ja wohl fast alle Menschen?«

»Fast!«, rief Christophe, »Es müssen alle«.

»Aber doch wohl nicht mein Cousin Pierre, der demnächst Monsieur le Curé sein wird, und die anderen Heiligen?«

Christophe konnte nicht anders, als ein zweites Mal in Lachen auszubrechen.

Mit fortschreitendem Herbst und nahender Weihnachtszeit hörten die Spaziergänge auf. Es war ja neuerdings allgemein üblich geworden und in Mode gekommen, zu Weihnachten eine Tanne oder eine Fichte zu schmücken, diese zum Christfest in den Wohnstuben aufzustellen und anzusingen.

Hausfrauen und Haustöchter saßen an den Abenden daher, meist mehrere zusammen, um den Schmuck für die Bäume herzustellen. Von den Äpfeln wurden die kleinsten und rotbackigsten ausgesucht und mit Wachs poliert. Walnüsse belegte man mit Blattgold, eine höchst delikate Arbeit, die viel Fingerspitzengefühl verlangte.

Heute war Marie-Anne damit beschäftigt, gebackene Kringel mit Seidenpapier zu umhüllen, diese zu krausen und mit einer Schleife aus rotem Band zu verzieren. Dünner Draht wurde gewickelt und spitz ausgezogen als Halterung für die Wachslichter. Dann wurde er an Ästen und Zweigen befestigt. War man müde, spielte man zur Abwechslung mit kleinen, reingewaschenen Kalbsknöchelchen. Es handelte sich dabei um ein Ratespiel, ähnlich dem Knobeln. Die kleinen Kalbsknochen waren weiß und seidig glatt.

Mit dem Fest rückte Louises Hochzeit näher und damit ihr Wegzug nach Forbach.

Der Brautmesse wohnte Marie-Anne als Brautjungfer bei in einem aprikosenfarbenen Kleid, ein noch junges und sehr kindliches Mädchen.

4. Kapitel

Im Februar 1860 heiratete sie selbst Christophe Grimmer. Sie steckte in einem strengen, schwarzen Taftkleid, lang bis auf die Füße, hochgeschlossen, mit vielen Fältchen auf der Brust. Das braune Haar war nach oben gebürstet, der Knoten mit einem Myrtenkranz umlegt, daran ein langer schmaler Streifen eines Tüllschleiers befestigt war, der zusammen mit den Blüten des Brautkranzes den einzigen weißen Akzent darstellte.

Ganz offensichtlich handelte es sich bei einer Trauung um eine ernste Angelegenheit.

Die Braut war 17 ½ Jahre alt, der Bräutigam zählte knappe 19 Jahre. Wie Marie-Anne die Liebe, – oder das, was die Mütter ihr als Liebe zugedacht hatten – erfuhr, blieb ungewiss, da sie immer eine kühle und wenig redselige Frau blieb. Die eheliche Vereinigung fand sie zunächst einmal abstoßend und schämte sich. Spätestens am Tage ihrer amtlichen Heirat auf dem Rathaus hatte sie erfahren, dass in ihren Urkunden kein Vater genannt war, Ihre Mutter hoffte inständig, dass die Tochter nun verstehen würde, warum sie diese frühe Heirat arrangiert hatte, wollte sie ihr doch lediglich ihr eigenes Schicksal ersparen.

Da Christophe bald nach der Hochzeit zum Militär beordert wurde, lebten die beiden Frauen wie zuvor zusammen in dem Hause in der Schulstraße, wo ihre Hauptbeschäftigung im Kochen von Elixieren und Salben bestand. Man schickte Christophe nach Toul zu den Füsilieren, welche hier der leichten Artillerie zugeordnet waren. Die blaurote Uniform stand ihm nicht schlecht. Obwohl er als Ehemann in den Genuss von Kurzurlauben kam, blieb doch der Nachwuchs im Hause Grimmer-Blaise zunächst einmal aus.

Mit Louise hätte Marie-Anne sich womöglich ausgesprochen, doch die lebte in Forbach im Walde sehr glücklich mit Luc. Doch auch sie musste ihren Wermutstropfen schlucken. Ihre Ehe blieb kinderlos. So schenkte sie ihr Herz anderen Kindern, und schließlich waren es dann doch die von Marie-Anne, die vierfache Mutter wurde, denen Louise in rührender Weise zugetan war, ganz besonders aber der zuletzt geborenen, Marie-Barbe.

Ein einziges Mal richtete Marie-Anne das Wort an ihre Mutter mit der Frage:»Frau Mutter, ich habe doch wohl einen Vater, wer ist mein Vater?«

Henriette kniff die Lippen zusammen:»Dein Vater ist in Paris. Er ist Soldat, ein Gardeoffizier. Heiraten durfte er mich nicht, er hatte Standespflichten. Du bist ein Kind der Liebe. – Aber er hat gut für uns gesorgt«, fügte sie in versöhnlicherem Ton hinzu.

»Ein Kind der Liebe«, sinnierte Marie-Anne. Sie konnte

Christophe Grimmer nicht lieben. Sie verstand ihre Mutter nicht. Aber als ein Kind des 19. Jahrhunderts hatte sie ihr zu gehorchen.

5. Kapitel

Württemberg

Auf der anderen Rheinseite lagen die Länder Baden und Württemberg. Dort lebten die »Schwaben«. Bekannt als ein fleißiges, sparsames und sehr gewitztes Völkchen wurden sie von den linksrheinischen Lothringern trotzdem verachtet. Zum einen waren sie dem Reich beigetreten, wurden von einem König regiert, der die Treue seiner Untertanen hoch zu schätzen wusste. Zum anderen waren sie, wahrscheinlich wegen dieses Königs, überwiegend protestantisch. »Lutherisch und ketzerisch« hieß es auf der linken Rheinseite. Aber sie hatten dort bereits eine erstklassige Gesetzgebung, viele Schulen und Fortbildungsstätten für die Jungen und Strebsamen in der Bevölkerung. Die Alb war rau, aber in den Ebenen herrschte ein angenehmes Klima, der Boden war ertragreich.

In der nördlichen Mulde, im Hohenlohischen und in der Gegend von Hall, besaß Jakob Greiner eine Mühle an der oberen Enz. Der Sohn, Carl-Friedrich, half schon fleißig im Mühlenbetrieb und würde später die Mühle von seinem Vater übernehmen. Mutter und Tochter bewirtschafteten das Haus und einen sehr schönen Garten, der auch im heißen Sommer nie trocken war, da aus dem vorbeifließenden Enz-Flüsschen genügend Wasser zur Verfügung stand. Die Tochter Regina, hübsch mit blondem, welligen Haar, gutgewachsen und außerdem mit einer klaren Singstimme ausgestattet, sollte nach dem Willen der Mutter das Kochen erlernen. Zu diesem Zweck wurde von ihr die Besitzerin des Hotels »Fürstenhof« im Amtsstädtchen Öhringen aufgesucht, dessen feine Küche weithin bekannt war. Hier wurde man einig, dass Regina zum Herbstbeginn in der Hotelküche mit der Ausbildung beginnen sollte. Frau Elise Grafmüller, die Chefin, wollte ein Auge auf sie haben. Sie war selbst Mutter zweier Töchter. Da nun der Weg von der oberen Enzmühle mehr als zwei Wegstunden betrug, konnte Regina wohl in einer Dachstube untergebracht werden. Im ersten Jahr hatten ihre Eltern einen Obolus zu entrichten. Sollte Regina sich gut anlassen, würde man diesen im zweiten Jahr dann streichen können.

Die fröhliche Regina war bald der Liebling aller. Sie lernte emsig und erfreute außerdem ihre Umgebung mit dem Trällern von Liedern und zu gewissen Zeiten mit einem schönen Lied aus ihrem schier unerschöpflichen Schatz an alten und neuen Weisen.

Heute war besonders viel zu tun und für Gesangsvorträge durchaus keine Zeit, da der Fürst von Hohenwiesen mit seiner Reisegesellschaft angekündigt war, um im »Fürstenhof« zu speisen. Die Küche ließ sich nicht lumpen, es wurde Erlesenes serviert, eine Platte nach der anderen gereicht. Und erst der Wein! Die Gesellschaft sprach dem Markgräfler eifrig zu, mancher bevorzugte den einheimischen Trollinger, je nach Geschmack und Temperament, so dass Heiterkeit und Fröhlichkeit an der durchlauchtigsten Tafel herrschten.

»Reginerl«, sagte Frau Grafmüller, »du musst mit hinaus in den Saal und am Tische helfen. Alle Hände werden gebraucht bei diesen Ansprüchen. Nun ja, es sind halt alles Hoheiten, die kennen's nicht anders.«

So kam es, dass Regina mit Schüsseln und Kannen an der Tafel entlanggehen musste. Sie erntete manch wohlwollenden Blick, zu vorgeschrittener Stunde wohl auch einen lüsternen, wie Frau Grafmüller beobachtete. Aber sie hielt ja die Augen offen.

Natürlich, dem Fürsten selbst konnte sie nicht verbieten, das Wort an die Bedienung zu richten. Er fragte auch nur ganz arglos, woher das schöne Kind denn stamme, das ihm gerade einschenkte. Ihre Mutter könnte ja stolz sein, ein so schönes Töchterle zu haben. Wer denn ihre Mutter sei?

»Meine Mutter ist die Müllersfrau von der oberen Enzmühle«, antwortete Regina artig, und sie lerne jetzt im Fürstenhof, eine Mamsell zu werden.

»Eine Mamsell im Hotel Fürstenhof ist ja schon etwas«, meinte Fürst Eugen zu Hohenwiesen, ob es sie denn nicht gelüste, an einem richtigen Fürstenhof die Mamsell zu machen? Freilich wäre dies sehr ehrenhaft, antwortete Regina, aber ihre Zeit im Hotel sei noch nicht zu Ende, die Eltern hätten mit der Besitzerin auch ihre Abmachungen.

»Nun, zu gegebener Zeit kannst du es dir ja überlegen«, so Fürst Eugen. »Auf dem Schloss ist jedenfalls ein vergnügliches Leben.«

Frau Grafmüller hätte es auffallen müssen, dass in der letzten Zeit öfter Mitglieder des Hofes bei ihr speisten. Wenn sie es aber bemerkte, so schrieb sie dies ihrer hervorragenden Küche zu, in der sie neuerdings einen Koch aus dem Elsass beschäftigte. Der Speisesaal war jedenfalls mehr und mehr gefüllt. Im Herbst sagte sich wiederum eine Gesellschaft vom Schloss an, die nach der Hasenjagd einen Umtrunk halten wollte.

Hier kam es dazu, dass einer der Herren das Reginerl ansprach, ob sie ihnen ein lustiges Lied sänge. Er habe gehört, dass sie »Gold in der Kehle« hätte. Nach einigem Zögern meinte Regina, dass sie wohl ein Lied singen könne, ob es aber lustig sei, wisse sie nicht zu sagen.

»Es wird schon gefallen«, meinte der Jagdfreund des Fürsten und rief: »Ruhe am Tisch«!

Regina stimmte ein altes, schönes Lied an, das sie oft am Abend mit ihrem Vater gesungen hatte.

»Noch eines!«, riefen die Herren, nachdem sie geendet hatte. Und nun fiel ihr etwas Lustiges ein. Die Tischgesellschaft stimmte in den Kehrreim mit ein, und wieder blickte manch einer begehrlich. Frau Grafmüller gefiel dies gar nicht. Sie schickte Regina kurzerhand in die Küche zurück.

Zu Weihnachten war sie dann allerdings schon in Schloss Hohenwiesen als Mamsell tätig. Hier hatte jedoch nicht die Schlossbesitzerin mit der Mutter selbst verhandelt. Beim Müller Greiner erschien ein Bote mit der Aufforderung, das Fräulein Regina möge sich doch einmal auf Hohenwiesen beim Kammerherrn einfinden. Tag und Stunde wurden vereinbart, und der zweite Sohn vom Dörflinger Hof, der als Gärtner im

Schloss angestellt war, fuhr sie mit einem Einspänner den verschneiten Weg nach Weitersheim, wo das Schloss von einer eigenartigen hässlichen Ziegelmauer umgeben, gelegen war. Der Oberkammerdiener deutete ihr an, dass man sie in der Küche zu beschäftigen wünsche, eine Mamsell würde gebraucht. Lohn und Kost seien recht ordentlich, und das fürstliche Paar selbst äußerst liberal. Regina und ihre Eltern, das Müllerpaar, waren es zufrieden. Schließlich wurde nicht alle Tage eine Tochter Mamsell am fürstlichen Hof.

Hier sah sie auch von Zeit zu Zeit den Gärtner Dörflinger wieder, der nicht weit von der väterlichen Mühle aufgewachsen war, so dass ein Heimweh meist schnell wieder verging. Am Abend wurde gern gesungen, die Schwaben waren nun einmal ein sangesfreudiges Volk, und wieder war Reginas wundervoller Sopran herauszuhören.

Seine Durchlaucht bekam sie allerdings nicht zu Gesicht, bis sie eines Tages mit einer Botschaft zu den Stallungen geschickt wurde. Da kam er gerade vom Ausritt zurück. Mamsell Greiner knickste artig. Wenig später erschien der Stalljunge an der Küche mit einer Nachricht für die Mamsell Regina. Darin hieß es, dass sie sich am Abend nach der Arbeit zu dem mittleren der drei Pavillons, die in der hässlichen hohen Ziegelmauer eingelassen waren, begeben möge, wo Fürst Eugen sie zu sprechen wünschte. Wenn Regina dies auch etwas merkwürdig fand, war sie sich doch keiner Schuld bewusst, hatte sie doch auf jeden Fall dem Fürsten zu gehorchen. Sie stellte sich also nach der Küchenarbeit in diesem Pavillon ein. Es war ein halbrunder Tisch in der Mitte. Die hintere Wand bildete die Ziegelmauer, zum Garten hin war die Mauer halbhoch, zwei einfache Säulen am Eingang. Die Öffnungen hatten Ledervorhänge. Im Raum brannte ein Kaminfeuer. Es gab einige Stühle, eine Steinbank und in der rechten hinteren Ecke ein Ruhebett.

Regina, etwas atemlos vom schnellen Lauf durch den dunklen Park, hatte diesen Platz bisher nur von außen gesehen, so wusste sie gar nicht, dass man diese Häuschen betreten konnte. Außerdem waren sie jetzt im Frühjahr von beginnendem Grün umstanden.

Der Fürst saß trinkend am Steintisch – wie einstmals Friedrich Barbarossa – dachte sie. Er winkte kurz mit der Hand, nicht gerade unfreundlich, aber auch nicht etwa herzlich, und erklärte ihr, indem er ein zweites Glas Wein einschenkte, warum er sie habe rufen lassen. Er wünschte nämlich ein Lied von ihr zu hören. Was seine Durchlaucht zu hören wünsche? Was sie wolle oder könne, solle ihm recht sein, antwortete er. Ob sie vielleicht singen sollte:»Es liegt ein Weiler fern im Grund«? Sie hatte dies öfter mit ihrem Vater am Abend geübt. Er verlangte noch mehr zu hören, und ihn verlangte auch nach mehr von ihr. Jedoch hielt ihn eine plötzliche ihm selbst unbekannte Scheu davor zurück, sie jetzt am ersten Abend in seinen Besitz zu nehmen, obwohl er sonst in diesen Dingen wenig Bedenken hatte. So äußerte er schließlich lediglich:»Deine Stimme ist mehr wert, Reginerl. Es könnten schon anspruchsvollere Lieder sein.« Hier war Regina ratlos. Sie hatte ohne Zweifel einen großen Vorrat an Melodien aus dem Elternhause, wie sie allerdings an anspruchsvollere gelangen sollte, wusste sie nicht zu sagen. So entließ er sie mit dem Bescheid, dass er ihr den Stallburschen schicken würde, wenn er sie im Pavillon an der Mauer zu sehen und zu hören wünschte. Später als sonst kam die junge Regina in ihrer Kammer an. Die Köchin, nachdem sie Schritte und Türschließen vernommen hatte, drehte sich auf die Seite und schlief bald fest.

Der Organist in der Kirche spielte eines Sonntags, nachdem die Gottesdienstbesucher gegangen waren, eine wunderbar süße Melodie für sich selbst auf der Orgel. Regina, beim Hinausgehen, horchte entzückt. Das war eine Weise, die ihrem verehrten durchlauchtigsten Herrn wohl gefallen würde, dachte sie, fasste sich ein Herz und sprach den Orgelmeister an, als er das Gotteshaus verließ.

»So, also das Lied gefällt dir?« Dabei sah er sie fragend an. »Kannst du denn singen?«

»Nun, ich habe oft mit meinem Vater gesungen und suche jetzt ein besonders schönes Lied.«

Der Kantor machte sich die Mühe, in die Kirche zurückzukehren und Regina das Lied noch einmal vorzuspielen. Dabei erklärte er ihr, dass es von einem ganz jungen, norwegischem

Komponisten sei, der es »Solveigs Lied« nannte. Als Regina vorsichtig ansetzte, es nachzusingen, rief er: »Potz Blitz, du hast ja eine wunderschöne Stimme, dich könnte ich für den Kirchenchor gebrauchen, ich brauche unbedingt jemanden für die hohen Soli.«

Regina lachte freudig und äußerte den Wunsch, dieses Lied einzuüben. Etwas erstaunt, aber gutmütig gab der Kantor zu verstehen, dass er ihr den Text zum Abschreiben zu geben bereit sei, wenn sie auch am Abend zur Singstunde in den Kirchenchor kommen wolle. »Versprochen«, antwortete das junge Mädchen, sofern der Küchendienst im Schloss ihr Zeit dazu lassen würde. So kam es, dass sie dieses wunderschöne Liebeslied bald vorzüglich beherrschte. Überrascht von dieser Begabung, beschloss Herr Ganzohr, der Kantor, sie gleich bei der nächsten Chorprobe versuchsweise für die Solopartie einzusetzen.

Es dauerte nicht lange, bis der Stallbursche mit der Nachricht erschien, dass sie am Abend im Mittelpavillon an der Mauer erwartet würde.

»Was der Bub sich neuerlich immer an der hinteren Küchentür herumzudrücken hat!« Das waren die Gedanken von der dicken Köchin.

Glücklich über ihre neue musikalische Errungenschaft eilte Regina schnell in ihre Kammer, um ihr sonntägliches Kleid anzuziehen, gedachte sie doch, Fürst Eugen heute mit dem wunderschönen neuen Lied zu erfreuen. Es ging jetzt auf den Frühling zu, aber das übliche Feuer brannte im Kamin, auf dem Tisch stand die Kanne mit dem Wein, und das im Winkel stehende verlockende Bett war mit einer Felldecke versehen. – »Sing mir etwas Schönes, Reginerl!«

Regina, leise und schüchtern, aber immer sicherer werdend, begann: »Still, wie die Nacht und tief, wie das Meer, soll meine Liebe sein…«

Fürst Eugen horchte auf, ganz ruhig und nachdenklich hörte er bis zum Ende zu, an dem es heißt: »will ich dein Eigen sein.« Mehrfach wiederholt klang es süß, etwas zitternd aus. Wo hatte dieses Mädel das Lied her? Selbst für einen Fürsten und ausgewachsenen Mann gab es noch Neues zu erfahren. Er sagte zunächst nichts. Regina war verwirrt, hatte es ihm nicht gefallen? Sie hatte doch so fleißig geübt, und der Organist seine Zeit dafür geopfert.

Seine Durchlaucht erhob sich, zog sie zu sich heran, nahm sie einfach in den Arm, wobei er fragte:»Reginerl, willst du mein Eigen sein?« Es sind diese Augenblicke im Leben von zwei Menschen, die sich lieben, die schwer zu beschreiben sind.

Regina, unerfahren, aber ganz und gar liebende Frau, wiederholte nur:»Will ich dein Eigen sein!« Erst viel später gab sie zu bedenken:»Die Fürstin«.

Ein begehrender, ein liebender Mann, dazu ein Erlauchter, winkte mit der Hand ab.»Die Fürstin, die hat ja ihre Söhne.« Und ich, dachte er, habe ja schließlich mein Recht und vor allem meine Privilegien. Dies war ein Wort, an das junge Mädchen überhaupt nicht dachte. Sie lernte die Liebe kennen. Sie liebte diesen Menschen, sie vergötterte ihn, einen hochstehenden Mann. Und er liebte sie wieder. Er war darüber hinaus von blendender Statur und es störte überhaupt nicht, dass er das linke Bein etwas nachzog.

Diese herrliche Liebe allerdings bescherte Regina eine uneheliche Schwangerschaft. Sie erwartete ein Kind.

Natürlich konnte es eine Weile verborgen bleiben. Zunächst war es ihr selbst nicht zu Bewusstsein gekommen. Immer wieder gab es diese späten Abende im Pavillon an der Ziegelmauer. Immer wieder bat Eugen:»Reginerl, sing mir Solveigs Lied!« Nie mehr war es nur bei dem Lied geblieben. Regina Greiner beschloss nun, Hohenwiesen heimlich und ohne jede Erklärung zu verlassen. In der guten Küche wusste sie jetzt wirklich Bescheid. Vielleicht könnte sie später wieder im Hotel Fürstenhof in Ohringen arbeiten, oder in einer anderen Amtsstadt, wo es sicher auch gute Hotels gab. Zunächst allerdings blieb ihr nichts anderes übrig, als nach Hause in die elterliche Mühle zurückzukehren. Angst hatte sie vor der strengen Mutter. Der Vater würde vielleicht weniger zornig sein, immer war er der Weichere, Nachgiebigere gewesen, er war der glückliche Vater dieser lieblichen Tochter, die er als seine Blume bezeichnete. Seine Blume trug nun eine Frucht.

Wütend und unbeherrscht rief tatsächlich bei Reginas Ankunft die Mutter: »Eine Schande für unser Haus. Geh' zurück zu deinem Liebhaber!«

»Sei jetzt bitte still, Sophie« mischte sich Jakob Greiner ein.

»Einen Fürstenbankert bringt sie uns!«, eiferte die Mutter aufs Neue.

Regina war den ganzen Weg von Weitersheim bis zur Oberen Enzmühle zu Fuß gegangen, und auch den Dörflinger hatte sie nicht gefragt, ob er sie mit dem Einspänner fahren könne, obwohl er ja der Sohn des nächsten Nachbarn und ihr sehr gut bekannt war. In der letzten Zeit, wenn sie ihn bei Gelegenheit im Park getroffen hatte, begrüßte er sie mit einem Lächeln, das ihr jetzt nachträglich etwas traurig oder gar wissend vorkam.

Nun wirtschaftete sie im Elternhaus. Zwar sehnte sie sich nach der fröhlichen Küche in Hohenwiesen. Noch viel mehr sehnte sie sich nach dem Zauber des Kaminfeuers und der Umarmung eines schönen, leichtsinnigen und warmherzigen Mannes, der noch dazu von Adel war.

Ihr Vater, der Müller, hatte jetzt viel zu tun, denn die Ernte war eingefahren, und das Korn musste gemahlen werden. Die Enz sang ihr Lied dazu.

Ludwig Dörflinger vom nachbarlichen Hof schaute einmal vorbei. Insgeheim hoffte er, Regina zu sehen, zu der er eine heimliche, mit Sicherheit aber unerwiderte Neigung hatte. Es gingen genug Gerüchte umher. Regina ließ sich nicht blicken. Sie hielt sich vorwiegend in ihrer Kammer auf, und Ludwig suchte vergebens mit seinen Augen die Fenster ab. Ihn erstaunte es nicht und störte ihn auch weniger, was sich da getan hatte, kannte er doch seinen Fürsten, dessen Leidenschaft und Schönheitssinn. Er wusste auch um die Fürstin, ihre übertriebene Rechtschaffenheit und ihre riesengroße Nase.

Nein, eine Schönheit war sie gerade nicht, wenn sie auch eine geborene von Reuss war, oder von welchen Herrschaftssitz sie immer kommen mochte.

6. Kapitel

Nach der Ente machte sich der Vater Jakob Greiner auf den Weg nach Hohenwiesen. Dort begehrte er Einlass beim Fürsten persönlich. Die Schwaben waren ein treues, ein zuverlässiges Volk. Demütig und ängstlich waren sie nicht. Fürst Eugen war durchaus nicht unwissend und stellte sich auch nicht so, denn er hatte das herzige Mädele mit der wunderbaren Singstimme wirklich gerne gemocht. Aber dafür hatte er schließlich auch seine Privilegien. Allerdings möge man ihn von der bevorstehenden Geburt benachrichtigen, empfahl er. Auch sei es nicht notwendig gewesen, dass das Reginerl davongelaufen sei, er wolle nachdenken, etwas für sie zu ordnen. Mit diesem Bescheid war Jakob Greiner entlassen. Als vernünftiger Mann unterließ er es, Frau und Tochter von diesem Gang ins Schloss zu unterrichten.

Im Dezember 1883, man rüstete gerade für das bevorstehende Christfest, kam in der Greiner'schen Mühle ein Kind, ein Knabe, zur Welt. Das Neugeborene war gesund, wohlgestaltet, mit herrlichen Blauaugen und einer kräftigen Stimme. Später zeigten sich blonde Ringellocken. Regina herzte und liebkoste diesen schönen Buben, aber sie verweigerte dem Amtmann von Öhringen den Namen des Vaters zu nennen. Dieser blieb daher offiziell für alle Welt unbekannt.

Zwei Enkelinnen des Adam Greiner, wie der Sohn von seiner Mutter genannt wurde, waren jedoch nicht wenig erstaunt, mehrere Generationen später bei der Besichtigung von Schloss Hohenwiesen in Weitersheim, ein wirklich gut getroffenes Gemälde ihres Großvaters unter den Porträts der Adelsgeschlechter zu entdecken. Mit Recht waren sie von diesem Bildnis fasziniert, so dass sie sich beim Fremdenführer erkundigten, wen

23

es darstellte. Der Mann erklärte ihnen, dass es sich hierbei um den 1828 geborenen Fürsten Eugen von Hohenwiesen und zu Weitersheim handelte.

Die beiden jungen Damen, die wenig später einen Ahnenpass benötigten, da sie zu heiraten gedachten, mussten sich bemühen, zu erfahren, wer die Eltern des Großvaters waren. Seine Mutter hieß Regina Greiner, sein Vater war unbekannt. Natürlich war in der Familie über die Eltern des Großvaters wenig gesprochen worden, denn sie hatten zu Lebzeiten ja in Süddeutschland gewohnt. Lediglich erzählte er ganz selten von einer Mühle, dies meist etwas wehmütig, außerdem kannte er süddeutsche Lieder die Fülle. Mit einem schönen Tenor trug er zur Geselligkeit im Familienleben bei.

Die ältere der beiden Schwestern sagte beim Lesen der Urkunde nur:»Da hätten wir's.«

Ludwig Dörflinger, nicht wenig und auch nicht sehr freudig überrascht, wurde noch im Winter zu seiner Durchlaucht befohlen. Hatte er etwas falsch gemacht, nachlässig gearbeitet? Nein, gewiss nicht. In den Gärten war zwar jetzt wenig zu tun. Auch das einzige Treibhaus bot nur geringfügige Möglichkeiten. Außer einem Frischblumenbeet für gelegentlichen Tischschmuck war nicht viel zu pflegen, denn die Fürstin legte Wert auf allergrößte Sparsamkeit.

Ludwig hörte deshalb aufmerksam zu, was sein Herr ihm zu sagen hatte, nämlich: Dass er ihn, Ludwig, eigentlich gerne zum Obergärtner befördert hätte, da er eine wirklich gute Hand hätte. Leider aber könne er dies dem alten Mann nicht antun, der nun schon so lange treu diente. Es gäbe aber nahe beim Dorf Pfedelbach einen ungenutzten Acker nahe seinen väterlichen Feldern, den er ihm übereignen wolle, falls er einmal Lust verspüren sollte, einen eigenen Gartenbau zu betreiben. Ludwig, höchst erstaunt, stotterte etwas wie:»Euer Durchlaucht sind zu gütig.« Eugen, als hätte er den Einwurf überhört, fuhr deshalb unbeirrt fort. Es sei jedoch mit diesem Angebot ein Wunsch seinerseits verbunden. Ein Wunsch des Fürsten kam einem Befehl gleich und Ludwig war auf alles vorbereitet. Es gäbe da, so sprach Eugen weiter, eine bildhübsche Küchenmamsell, noch dazu mit einer zauberhaften Singstimme ausgestattet, die er sich als Gärtnersfrau gut vorstellen könne. Zwar habe diese kürzlich einen kleinen Sohn zur Welt gebracht, sei aber sonst ein wirklich braves und tüchtiges Mädle und des Enzmüllers Töchterle. Er sei darauf bedacht, dass er, Ludwig, der Schlossgärtner, um die Hand der Müllerstochter anhielte. Ludwig stand mit ruhigem Gesicht. Er dachte bei sich, für wie dumm der Fürst ihn eigentlich halte, hatte er doch Regina oft genug des abends durch den Park huschen sehen, zum mittleren Pavillon in der Mauer eilend. Ihm gefiel sie von Kindheit an, und so antwortete er stolz: »Die Regina hätte ich auch ohne Acker genommen, wenn sie nur möchte.« Dabei dachte er zur Hälfte an die immer geschlossenen Fenster ihrer Kammer und zur anderen Hälfte an Kreuzungen von Obstsamen und Kultivieren von eigenen Bäumen. Die Gartenerzeugnisse würde er in Öhringen im Fürstenhof und anderen guten Häusern anbieten, denn er wusste, dass Frau Grafmüller der Regina immer noch gut gesonnen war und dass sie ihr einen schönen Stubenwagen mit Holzrädern anlässlich der Taufe geschickt hatte, in welchem der kleine Adam durch die Wohn- und Schlafräume der Mühle gefahren werden konnte. So bedankte er sich herzlich bei dem hohen Chef des Hauses und beschloss, nun endlich in der Mühle bis zu Regina, wenigstens aber bis zu ihren Eltern vorzudringen. Bei der Hochzeit würde er den Acker dann beurkundet übergeben bekommen, versicherte ihm Fürst Eugen.

Regina pflegte indessen ihr edles Kind, wie sie es im Geheimen nannte, wenngleich ihre Mutter eine andere Sprache sprach. Wenn es jedoch je ein Kind der Liebe gab, so war ihr Kind ein solches . Das dachte die junge Mutter. Warum wurde sie selbst nun, mit Sicherheit ein eheliches Kind, nicht als ein Kind der Liebe bezeichnet, was sie mit Recht als seltsam empfand, tauchte doch unweigerlich die Frage auf, ob Vater und Mutter sich nicht geliebt hätten?

Wenig später ließ der Vater sie in die große Stube kommen.

»Den Ludwig kennst du ja«, begann er seine Ansprache. Der Ludwig habe die Absicht, im nächsten Frühling eine Gärtnerei zu gründen, etwas unterhalb des Dorfes, und es bedürfte einer tüchtigen Hausfrau. Seine Wahl betreffe sie, das Reginerl. Den

Segen der Eltern hätten sie, man wüsste ja schließlich genauestens, wer und was Ludwig sei. Damit ließ er seine Tochter allein.

Ludwig, der bis dahin von Regina gar nicht wahrgenommen worden war, kam jetzt hervor aus seiner Ecke. »Ich habe dich immer lieb gehabt, Regerl« begann er ganz leise, »nun möchte ich dich halt fragen, ob du mich zum Manne willst.«

Mit diesen einfachen Worten begrüßte er seine Jugendgespielin, die er zu seiner Frau machen wollte und sollte.

Schwer zu erkennen war, was diese dachte oder fühlte. Etwas verlegen nestelte sie an ihrem Kleid, um es womöglich zu öffnen, weil der kleine Adam in seinem Rollwägelchen seine Stimme erhob. Sicher verlangte er nach seiner Nahrung, die bei der Mutter, die jung und gesund war, reichlich floss. Sie schwieg aber weiterhin, um dann endlich hervorzubringen: »Ich möchte kein Mitleid, du weißt ja, dass ich den Buben habe«.

»Regina, hör mir zu! Ich weiß alles, oder doch fast alles, ich will dich lieben und verehren, wie es Gott von uns verlangt, weil ich dich nun einmal in mein Herz geschlossen habe. Und den Buben, den übernehme ich gleich bei der Hochzeit, er bekommt meinen Namen.«

Im Korbwagen krähte der Bub bestimmter und lauter. Regina nahm dies zum Anlass das Gespräch geschickt zu beenden. Sie sagte abschließend: »Ich danke dir, Ludwig. Aber ich muss es überdenken, bitte versteh' mich! Es kommt mir gar zu überraschend.«

Ludwig biss sich auf die Lippen. Er warf einen Blick ins Kinderkörbchen. Der Junge sah aus, wie alle frischgeborenen Kinder und doch gab es unverkennbare Züge der Ähnlichkeit zwischen ihm und seinem Vater. Ein eigener Sohn wäre ihm schon lieber gewesen, aber wer sagte denn, dass ihm ein solcher nicht noch beschieden war?

»Wie lange glaubst du, dass du Bedenkzeit brauchst?« Es war ja geradezu unmöglich, ihr die Wünsche Seiner Durchlaucht, seines Brotherren, mitzuteilen. Auch von dem Feldstück sollte er besser schweigen, hatte der Vater gemeint, Regina sei ja schließlich kein Verkaufsgegenstand, sondern ein wertvoller

Mensch. Auch würde die Mühle leicht noch ein Kind ernähren können. Also sei sie nicht unbedingt gezwungen, eine Ehe einzugehen, das Herz müsse schon sprechen. Allerdings würde Carl-Friedrich die Mühle ja eines Tages übernehmen wollen, und er hatte inzwischen ebenfalls zwei Söhne.

Mit der Mutter konnte und wollte die Tochter nicht sprechen, denn die strenge Frau brachte kaum Verständnis für die Probleme anderer auf, auch konnte sie sich gelegentlich gehässiger Bemerkungen nicht enthalten. Obwohl sie ja vielleicht von ihrem Standpunkt als Mutter zu verstehen gewesen wäre, schmerzte es doch die junge Tochter, die jetzt ebenfalls Mutter war, da sie das romantische und weichere Gemüt des Vaters bei der Geburt mitgekommen hatte. Also beriet sie sich mit Frau Grafmüller, der Besitzerin des »Fürstenhofes«. Frau Grafmüller war praktisch, auch hatte sie selbst zwei Töchter, die sie mit Argusaugen bewachte.

»Regina, greif zu!«, rief sie spontan.»Seine Durchlaucht heiratet dich gewiss nicht. Jetzt ist Adam klein und süß, aber er wird größer, und dann wird er einen richtigen Vater brauchen, also, was kannst du dir Besseres wünschen?«»Ich liebe ihn halt nicht, den Ludwig«, gab Regina zu bedenken,»obschon er ein höchst anständiger Mann ist.«»Ja eben, deswegen, weil er ein anständiger Mann ist, wird sich die Liebe mit Sicherheit noch einstellen«, erwiderte die tatkräftige Fürstenhof-Herrscherin. »Wenn du mich also schon um Rat fragst, so antworte ich: »Nimm ihn!«

Eine laute und jubelnde Verlobung wurde es nicht, und der Kuss fiel eher scheu als stürmisch aus, mit dem sie ihr Versprechen besiegelten. Ludwig empfand, dass er wohl noch viel Geduld haben müsse, gleichzeitig befiel ihn kurzfristig eine gerechte Wut auf Fürsten Eugen. Warum konnten sich diese Leute eigentlich alles erlauben? Musste es ausgerechnet die zarte, warmherzige Regina Greiner sein?

Er tat seine Arbeit immer noch im Schloss. In der wenigen freien Zeit, die ihm blieb, pflügte er seinen Acker um. Die Erde war fruchtbar und locker und würde gewiss eine Menge hervorbringen.

Die bevorstehende Hochzeit gab ihm ein gutes, beruhigendes Gefühl, insbesondere, da seine Verlobte begann, Vertrauen zu ihm zu fassen und manchmal sogar schon eine rechte Fröhlichkeit an den Tag legte. Erstaunt war sie allerdings, dass es einen Acker unterhalb des Dorfes gab, von dem sie nichts gewusst hatte. Aber als listige Schwaben hatten die Männer des Hauses Greiner und Dörflinger eine ganz plausible Erklärung zur Hand. Das Feldstück lag etwas abseits, aber da Jakob Greiner inzwischen über zwei Kühe verfügte, die gut einen Wagen ziehen konnten, wurde es ja um vieles leichter, dorthin zu gelangen. Es sei auch nicht ausgeschlossen, wenn die Gärtnerei erst ertragreich würde, bis nach Öhringen zum Markt und zu den Gasthäusern zu gelangen, zumal dann ein Zugpferd ins Auge gefasst sei.

Zweimal sagte Regina allerdings noch »Nein« in diesem Arrangement. Einmal beharrte sie darauf, dass ihr Sohn Adam den Namen Greiner erhielt, als Ludwig den Vorschlag machte, ihn gleich mit der Eheschließung Dörflinger zu nennen. Aus welchem Grund auch immer, Regina wollte es so. Adam war ihr Eigen. Zum anderen schrieb sie ein großes »Nein« auf ein Stück Papier und übergab es in einem Umschlag dem Stallburschen von Hohenwiesen, der zu ihrem nicht geringen Erstaunen mit einer Nachricht in der Mühle erschien.

Hierin hieß es, dass sie an einem bestimmten Abend im mittleren Pavillon in der Mauer von Schloss H. erwünscht sei, ja sehnlichst erwartet würde. Der junge Bursche ritt mit diesem Brief davon.

An demselben Abend sprach Regina mit Ludwig über ihre bevorstehende Hochzeit. Ludwig, glücklich bei dem Gedanken, dass sie nun alles hinter sich gelassen hatte, erzählte ihr von seinen Plänen, und als die ersten Halme und Blätter in zartem Grün sein Feld bedeckten – in der äußeren Nordecke hatte er einen Apfelbaum gepflanzt – da dachte er schon, einen großen Zaun zu ziehen. – Später sollte natürlich ein Häuschen gebaut werden. Jetzt machten sie Hochzeit. Einen Schleier gab es nicht. Aber Regina weigerte sich, ein schwarzes Kleid anzuziehen. Da die Junisonne golden schien, mit ihrer Haarkrone um die Wette schimmernd, erstand sie für sich ein weißes Kleid und steckte eine erste Rose in ihr Haar.

Der Apfelbaum trieb wenige, zarte Blüten. Noch als die beiden Schwestern in Schloss Weitersheim das vermeintliche Porträt ihres Großvaters zu sehen glaubten, kam jeden Herbst aus Süddeutschland ein Korb mit »Gravensteinern«, einer rotbackigen Apfelsorte, in dem Hause im Ruhrgebiet an. Die kleinsten und rotwangigsten wurden zu Weihnachten mit Wachs behandelt und poliert, um damit zum Heiligen Abend den Christbaum zu schmücken.

7. Kapitel

Regina Dörflinger schenkte ihrem Mann Ludwig nach gebührender Zeit einen Sohn, womit im Hause Dörflinger das Glück nun vollkommen schien. Der Knabe wurde Gotthilf genannt. Er war zarter und weniger kräftig als sein Halbbruder Adam, aber beide Kinder gediehen und entwickelten sich, jeder auf seine Art, prächtig. Sie wurden unzertrennlich.

Auch gehörten sie zu den guten Schülern in der Dorfschule. Es schien auch niemand darüber nachzudenken, warum die beiden Brüder verschiedene Namen trugen. Wahrscheinlich waren sie nicht die einzigen Geschwister, bei denen dies der Fall war.

Adam wurde in eine Zimmermannslehre gegeben, in der er es zunächst bis zum Gesellen brachte und danach zum Militär einrücken musste. Er wurde Soldat in Ludwigsburg. Stolz, des Königs Rock zu tragen, versäumte er es jedoch nicht, sich die Schönheiten von Ludwigsburg einzuprägen. Er beschloss, sich später auf das Anfertigen von besonders geschwungenen Treppengeländern zu spezialisieren, von denen es bereits zahlreiche in seiner Garnison gab.

Gotthilf wurde Maurer. Er war ein guter Zeichner und Rechner, litt aber sehr unter der Schwere des Handwerks. Hartnäckig und entschlossen, wie er jedoch war, meldete er sich nach der Lehre insgeheim auf der neugegründeten Fortbildungsschule für Bauhandwerker an, die sich in Heilbronn bereits guten Zuspruchs erfreute. Hier brachte er es mit Bravour bis zum Baumeister.

Adam zog nach Bietigheim wo er im Geschäft seiner Vettern arbeitete. Die Brüder waren beide Schreiner, hatten sich dort eine Halle gemietet, in der sie sich damit beschäftigten, eine besondere Art neuerer Fußböden herzustellen, die in den erstehenden wohlhabenden Häusern sehr gefragt waren. Adam indessen leistete seinen Beitrag in Treppengeländern. Während nun seine Vettern langsam zu Fabrikherren aufstiegen, blieb er ein Zimmergeselle.

8. Kapitel

Der Krieg 1870/71 gegen Frankreich war an den jungen Männern vorbeigerauscht, da sie beide bei dessen Ausbruch noch Kinder waren. Nun war Württemberg dem Reich ja beigetreten. Man war evangelisch, vaterlandsliebend und kaisertreu, kurzum, ein gewitzter, durchweg anständiger deutscher Stammesangehöriger. Wer fleißig war, konnte es zu etwas bringen.

Der jüngere Bruder Gotthilf, inzwischen repräsentabler Baumeister in Heilbronn, erschien nach langer Abwesenheit bei Adam in Bietigheim. Beide wurden etwas wehmütig bei ihren Gesprächen über ihr Heimatdorf und die Eltern, die sie so lange nicht gesehen hatten. Besonders war es die Mutter, der ihre ungeteilte Liebe und Zuneigung gehörte. Der Vater hatte seine Gärtnerei, die er mit einem jungen Gehilfen betrieb. Für die Blumen sorgte seine Frau Regina. Es wäre an der Zeit, die Eltern zu besuchen, meinte Gotthilf, besonders, da sie vielleicht ganz aus dem Schwäbischen wegzögen.

»Warum?«, so Adam, »sollen wir aus dem Schwäbischen wegziehen?«

Karl und Otto hatten hier in Bietigheim schon das, was man eine große Firma nannte. Neuerdings verlegten sie Linoleumböden, sie würden ihn nie entlassen.

»Willst du immer bei den Vettern als Geselle arbeiten? Da habe ich dir etwas Besseres anzubieten«, ließ sich Gotthilf vernehmen.

»Laß hören«, warf Adam, nicht sonderlich interessiert, ein.

»Also, du weißt doch, dass sich die Festungen Metz, Toul und Verdun schon anno 70 ergeben hatten. Nichtsdestoweniger haben sie, als man sie stürmte, ihre Wunden davongetragen. Jetzt hat die Reichsregierung die Instandsetzung von Metz angeordnet, und ich habe einen großen Auftrag dort bei der Restaurierung der Zitadelle. Wie du leicht verstehen wirst, gibt es ja nicht nur Mauerwerk, sondern auch Holz zu ersetzen. Ich habe mir halt gedacht, dass du mit mir nach Metz gehst und dort die Holzarbeiten übernimmst. Firmieren werden wir unter Dörflinger und Greiner. Wie hört sich das an?«

Adam, noch zögernd: »Muss gründlich nachdenken.«

»Tu das«, sagt Gotthilf. Beide bedienen sich ihres heimatlichen Dialektes, beide lachen, sie liegen sich in den Armen. Wenn sie schon Vater und Mutter nicht mehr sehen, so werden sie sich wenigstens selbst alle Tage vor Augen haben.

Gemeinsam besteigen sie den Zug nach Öhringen, werden von einem Bauern mit dem Wagen in ihr Dorf mitgenommen. Freude und Überraschung zu Hause, aber auch Abschiedsschmerz, denn sie begeben sich nun nach Lothringen, nach Metz, ja in ein anderes Land.

9. Kapitel

Im Januar 1871 brachte Marie-Anne Grimmer ihr viertes und letztes Kind zur Welt. Dies geschah genau zwei Tage, bevor der preußische König Wilhelm I. zum Deutschen Kaiser gekrönt wurde. Die Kaiserkrönung geschah dem Vernehmen nach dem eigenen Wunsch des Monarchen, allerdings jedoch der Staatsraison entsprechend. Lothringen war jetzt deutsch, bzw. wieder deutsch. Die französischen Truppen waren in diesem ein Jahr dauernden Krieg bis vor Paris verfolgt und endgültig geschlagen worden. Für einen Angehörigen der »Grande Nation« war dies eine harte Nuss.

In Lothringen war die Stimmung, wie fast immer nach solchen Ereignissen, geteilt. Marie-Anne Grimmer-Blaise jedoch war nur wenig interessiert. Sie hatte andere Sorgen. Die älteste Tochter, Christine, war jetzt schon ein größeres Mädchen, vernünftig, scheinbar etwas träge, weil pummelig.

Es folgte der Sohn Jean-Claude, dem die ganze Liebe, ja Verliebtheit der Mutter gehörte. Mit großem Abstand hatte sich Marguerite eingestellt. Sie war zart, sehr weißhäutig, blauäugig und scheinbar nie richtig gesund. Es hieß, dass sie blutarm sei und sie sah eben auch so aus. Schon frühzeitig tränkte ihr Großmutter, von allen Hausgenossen einfach »die Grossée« genannt, die von ihr bereiteten Tinkturen ein, die sie aus Eisenteilen, mit Kräutern versehen, kochte, dann abseihte und als wundertätiges Elixier gegen Bleichsucht und andere Schwächeerscheinungen verordnete, zum Teil mit Erfolg. Nicht so bei Marguerite.

Dem Abschied ihres Vaters Christophe, bevor er endgültig in den Krieg ziehen musste, verdankte das jüngste der Grimmer-Kinder sein Dasein. Ein Mädchen. Ihr war der Name Marie-

Barbe zugedacht in Anlehnung an die Schutzheilige der Artillerie, der Truppe, der der Vater zugeteilt war. Allerdings lernte Marie–Barbe ihren Erzeuger niemals kennen. Von Geburt an war sie ein lebhaftes und starkes Kind und war auch später sicher eine der wildesten Rosen, die auf lothringischem Boden erblühten.

Marie-Anne, ihre Mutter, wartete nach dem Ende des Krieges vergeblich, wenn auch nicht ausgesprochen schmerzlich-sehnsüchtig, auf die Heimkehr von Christophe. Schließlich war die Familie ja jetzt gerade groß genug angewachsen, um eines Ernährers dringend zu bedürfen. Der Krieg selbst hatte seltsamerweise Montigny keine größeren Schäden zugefügt. Gewiss, die Festung Metz hatte einige Zerstörungen aufzuweisen. Sonst geschah jedoch weiter nichts Einschneidendes im ersten Augenblick, als dass die Amtssprache und die Schrift deutsch wurden. Da man nun einen allemannisch-moselfränkischen Dialekt sprach, schien dies auf den ersten Blick nichts Besonderes zu sein. Später, als die zwei jüngsten Töchter zur Schule gingen, hatten sie den Spaß, dass es sehr häufig schulfrei gab. Es wurden nämlich sowohl die französischen als auch die deutschen Feiertage eingehalten.

Einige Wochen nach der Geburt von Marie-Barbe, im Frühling des Jahres 1871, erhielt Marie-Anne einen Brief von ihrem Ehemann Christophe.

»Ma chère Marie-Anne«, schrieb er, »ich melde mich hier aus Suppis, nicht weit von Reims, also aus der Champagne. Nach Montigny werde ich nicht zurückkehren, da ich ja kein Deutscher bin und auch keiner zu werden gedenke. Verlasse also auch Du Montigny und komme mit den Kindern hierher zu mir, denn auch Du bist ja keine Deutsche ...«

Keine Frage, wie es ihnen erginge, keine Frage nach dem Neugeborenen. Sie hatten jetzt nach Frankreich zu kommen.

Frau Marie-Anne Grimmer dachte kurz nach, nahm Papier und Feder und schrieb: »Mon chér Christophe! Zwar bin ich keine Deutsche, jedoch auch keine Französin. Ich bin eine Lothringerin. Also werde ich in Lothringen bleiben.«

Sie hörte nie wieder etwas von Christophe. Beiläufig erfuhr

sie nach seinem Tode, wo er begraben liege. Es ist nicht bekannt, ob sie jemals versucht hat, sein Grab zu finden, um dort ein kurzes Gebet zu sprechen.

Das Leben wurde nicht leichter für sie. Mit Hilfe ihrer Mutter zog sie ihre Kinder auf. Zwar kochte »Grossèe« weiterhin ihre Salben und Säfte. Sie selbst vergrößerte ihre Lamm- und Zickleinzucht. Dank der Hilfe ihrer Freundin Senta Luxembourger konnte sie die Jungtiere, besonders zur Osterzeit, gut an die jüdische Bevölkerung absetzen.

Ihre Tochter Christine, die immer etwas träge erschienen war, äußerte in frühester Jugend den Wunsch, Hebamme zu werden. Für die Familie war dies eine etwas ausgefallene Sache. Zu dieser Zeit war es nicht üblich, dass junge Töchter Berufswünsche hatten oder diese äußerten. Aber Christine schien Kinder über alles zu lieben, und die ältliche Hebamme des Ortes nahm sie unter ihre Fittiche. Sie ging mit von Entbindung zu Entbindung und lernte sehr gewissenhaft ihr nicht immer einfaches Handwerk. Sie erlernte es so gründlich, dass sie, als die alte Dame sich zur Ruhe setzte, deren Nachfolge antrat und ein rechter Segen für die Frauen und jungen Mütter ihres Heimatortes wurde. Sie heiratete jung, hatte bald eine eigenen Familie mit Sohn und Tochter. Wie sich später herausstellen sollte, heiratete sie nicht den Mann, den sie eigentlich verdient hätte.

Die beiden jüngsten Töchter des Hauses Grimmer, die zarte und kränkliche Marguerite und die robuste und dunkeläugige Marie-Barbe, besuchten wie einst die Mutter zu gegebener Zeit die Mädchenschule der Klosterfrauen, in der die beiden Kusinen der Mutter immer noch unterrichteten und ein sehr strenges Regiment führten.

Es wäre Marie-Anne Grimmer kraft ihrer Härte und Selbstdisziplin trotz allem gelungen, ihre Kinder allein durchzubringen, wäre da nicht ihr Liebling Jean-Claude auf die abenteuerlichsten Ideen verfallen.

Träumend, vielleicht auch von einem Vater, der in Frankreich lebte, konnte er sich offensichtlich zu keiner richtigen Arbeit entschließen. Mit einer Gruppe lustiger Kumpane war er des öfteren in Wirtshäusern anzutreffen. Vergebens bat Marie-Anne ihren Schwager Grimmer, den Besitzer einer der Schenken, etwas auf Claude Acht zu geben. Aber sie erhielt keine Hilfe, war doch die alte Dame Grimmer eine Bour, und die Bours waren französisch. Auch Claude war eingenommen von diesen Gedanken und Wünschen, wieder zu Frankreich zu gehören. Es konnte nicht ausbleiben, dass Marie-Anne die Schuld am Fernbleiben von Christophe zugeschrieben wurde. Sie hatte sich schließlich geweigert, mit ihm in Frankreich zu leben.

Eines Abends nun, Jean-Claude hatte schon einiges getrunken, kehrten drei Männer in Theodor Grimmers Weinstube ein. Wie es sich ergab, waren diese bald mit der einheimischen Jugend im Gespräch. Sie waren Franzosen. Claude machte kein Hehl aus seiner Liebe zu Frankreich. Er war jung und enthusiastisch. Zu später Stunde verließ er mit den drei Fremden das Gasthaus. Seine Freunde, zutiefst erschrocken, wollten ihm folgen, hatten sie doch beim Weggehen deutlich das Wort »Fremdenlegion« aufgeschnappt. Sie sahen ihn jedoch nicht mehr. Wie gehetzt rannten sie zu seinem Elternhause, zu seiner Mutter.

Diese, kaum bekleidet, erschien in der Schankstube bei ihren Verwandten und rief nach dem Sohn. Doch Claude kam, wie einst sein Vater, nicht mehr zurück. In Montigny war er jedenfalls wie vom Erdboden verschwunden. Später erfuhr Marie-Anne lediglich, dass er sich in Afrika befände, nachdem sie einen kämpferischen Briefwechsel mit dem französischen Staat geführt hatte.

Es dauerte Jahre, bis letzterer sich bereit erklärte, Jean-Claude Grimmer aus der Legion zu entlassen. Allerdings geschah dies nicht umsonst. Frau Grimmer musste ihren Sohn loskaufen, so lautete der Bescheid der Regierung Frankreichs. Marie-Anne verkaufte ihren Wald und einen Teil der Obstwiesen. Auf Hilfe von ihrer Tochter Christine hoffte sie vergebens. Zwar konnte diese ihre eigene Familie mit ihrer Hebammenkunst ernähren, aber das musste sie auch, denn ihr Mann war ein Trunkenbold. Er trank viel, arbeitete wenig, so dass sie alle zusammen in den Anbau des Hauses in der Schulstraße ziehen mussten, da sie anderen Ortes keine Miete zu bezahlen wussten.

Marie-Anne und ihre Mutter Henriette saßen in der Küche und besprachen zum hundertsten Male die wirtschaftliche Lage und was sie noch tun könnten, um damit fertig zu werden, als zwei Schülerinnen der Mädchenschule schreiend angelaufen kamen mit der Hiobsbotschaft, dass die ehrwürdige Mutter Hildegardis das Margueritle getötet habe.

Das Margueritle, sonst fleißig, artig und sehr zurückhaltend, hatte an diesem denkwürdigen Tage irgendeine Hausaufgabe nicht gemacht. Sie wurde bestraft in der bei den gestrengen Schwestern üblichen Form, indem die unartige Schülerin in einer Ecke des Klassenzimmers vor einem Kruzifix auf Erbsen kniend zu beten hatte.

Marguerite hatte eine Weile gekniet und gebetet, als sie ohnmächtig zusammenbrach. Ihre Schwester Marie-Barbe, die eigentlich ihre Lehrerin mit »Ehrwürdige Mutter« anzusprechen hatte, rief laut, indem sie aufsprang: »Ma Tante, Ihr habt meine Schwester getötet.« Auf dieses Signal hin waren zwei Schulfreundinnen zum Hause der Grimmers gelaufen.

Madame Grimmer erschien in Küchenschürze, mit einem Herdeisen in der Hand in der Klasse ihrer Tochter, wo ihre Kusine sie mit weit ausgebreiteten Armen aufhielt, da Marguerite inzwischen zu sich gekommen war.

»Ich kann sie nicht anders bestrafen wie jede andere Schülerin auch«, erklärte sie zu ihrer Rechtfertigung, woraufhin die noch immer höchst erregte Marie-Barbe sich in die Ecke vor das Kruzifix warf und laut bekannt gab: »Ich werde für meine Schwester auf den Erbsen knien, denn ich bin stark und gesund, wenn Ihr, ma Tante der Meinung seid, dass es recht weh tun soll.«

Mutter Marie-Anne war nun der Meinung, dass ihre Töchter lange genug zur Schule gegangen seien und behielt sie beide ab sofort bei sich zu Hause, da es ihr immerhin das Schulgeld für Zwei ersparte.

Marguerite, die ein hübsches Zeichen- und Maltalent entwickelt hatte, begann nun, kleine Schachteln aus Pappmaché zu bemalen, wie sie gerade in Mode gekommen waren. Diese trug sie in ein bestimmtes Geschäft und verkaufte sie dort.

»Was bringst du mir heute, Marguerite?«, sagte die Besitzerin dieses Mal, »aha, die runde, mit den Rosen, sehr hübsch.« Das Geschäft brachte für alle etwas ein und Marguerite beschloss, jeden Monat einmal nach Metz hineinzugehen, um ihre kleinen, kunstgewerblichen Gegenstände in einem größeren Laden anzubieten. So konnte sie ihrer Mutter in zwar bescheidener, aber regelmäßiger Weise etwas zum Haushalt beisteuern. Marie-Barbe wollte auf keinen Fall zurückstehen. Sie trieb sich eigentlich mehr an der Roussel und deren Tümpeln herum, wo sie dann allerdings erstaunliche Fähigkeiten im Frösche fangen entwickelte.

Der erste Versuch, die Frösche in Metz im Hotel »Zum Festungsdreieck« anzubieten, gelang, da die Frosch-Schenkel als Delikatesse geschätzt waren. Stolz brachte sie ihre Münzen heim. Außerdem oblag ihr die Aufsicht über Lämmer und Ziegen, die auf der verbliebenen Wiese weideten. Dabei kam ihr die Idee, auf einer, wie ihr schien, besonders kräftigen Ziege das Reiten zu versuchen. Sie wurde aber unsanft abgeworfen, und die Ziege stürmte unter ihr hinweg, weil sie auf das Schreien von Madame Grimmer das Weite suchte. Die Ziege war trächtig, ihre Jungen sollten zum nahenden Osterfest an den Mann gebracht werden. Die ahnungslose Marie-Barbe hätte nun unterrichtet werden müssen, was trächtig bedeutet. So aber erhielt sie nur eine kräftige Ohrfeige und wurde insgeheim als ziemlich unnütz betrachtet.

Die Hersteller der Pappmaché-Schachteln waren inzwischen zu einer Kleinindustrie herangewachsen und Marguerite bekam eine feste Anstellung als Blumenmalerin.

Der Verdienst war gering, doch ersparte ihr diese Regelung die häufigen Wege nach Metz oder in die sonstigen umliegenden Ortschaften, in denen es einschlägige Geschäfte gab.

Nun endlich kam auch die langersehnte Antwort vom Amt der französischen Fremdenlegionäre. Der Unteroffizier der Legion Jean-Claude Grimmer käme per Schiff, also mit einem Truppentransporter von Afrika, oder wo immer man ihn eingesetzt hatte, nach Hause. Vier Jahre hatte er abwesend von seiner

Heimat, dem lebensvollen und anheimelnden Lothringen in Dschungeln und abwegigen Gegenden zugebracht und ein ganz schweres Leben führen müssen, gewiss so schwer, wie es sich ein Mensch in einem bürgerlichen Beruf kaum vorzustellen vermochte. Nunmehr sollte er seine Mutter und seine Schwestern wiedersehen, welches Glück!

Marie-Anne Grimmer scharrte alles zusammen, was sie erbringen konnte. Sie machte sich auf die Reise nach Marseille, wo das Schiff einlaufen würde. Alles, was sie wünschte, war, ihren Claude in die Arme schließen zu können. So stand sie, immer noch eine schlanke Figur, am Hafen von Marseille, dem großen lebhaften und wegen seines wilden Lebens verrufenen Ort, eine einsame Gestalt – einen riesengroßen Kreuzer erwartend. Viele Männer verließen das Schiff, Claude war nicht darunter. Doch, halt, was war denn das? Drei Krankentragen kamen, schaukelnd zwischen den Trägern, aus dem Bauch des Kriegsfahrzeuges. Marie-Anne stürzte auf die Gruppe zu, wurde jedoch sofort zurückgewinkt.

»Kein Zutritt, es handelt sich um Quarantänefälle.«

»Was heißt das?«

»Es sind drei Fälle von Gelbfieber, kommen ins Seuchenhospital«, kam die lapidare Antwort.

»Claude, mein Claude!« Einen Schrei tat die Mutter, als sie in das abgezehrte, verfärbte und verfallene Gesicht ihres 22jährigen Sohnes, des einzigen, blickte. Er lächelte müde. Marie-Anne versuchte mit den Trägern Schritt zu halten, die ihre traurige Fracht aber in einem Wagen unterbrachten. Sie brauchte einige Zeit, bis sie das Seuchenhospital gefunden hatte. Tränen strömten über ihr Gesicht, ein seltenes Zeichen von Gefühl bei Marie-Anne.

Ein Zutritt sei nicht statthaft, wurde ihr mitgeteilt. Marie-Anne, die Mutter, verschaffte sich den Zutritt, indem sie einfach mit großer Selbstverständlichkeit in den Isoliertrakt hineinging. Ihr Gang war aufrecht und sicher, als gehöre sie hierher, niemand kam daher auf die Idee, sie aufzuhalten. Nach Öffnen mehrerer Türen hatte sie die richtige Kammer gefunden. Claude brachte wiederum ein schwaches und trauriges

Lächeln zustande. Es war das letzte, seine Mutter hatte einen sterbenden Sohn wiederbekommen. Etwas früher, stöhnte sie, und Grossée hätte vielleicht helfen können. Was Claude in der letzten wachen Minute seines jungen Lebens dachte, wurde nie mehr bekannt. Kummer, Angst, Sorgen und Schmerzen, Verlust der fast gesamten Habe, das alles für ein Grab.

Gott sei Dank, wenigstens wusste sie, wo er seinen letzten Schlaf schlief, obwohl sie niemals mehr die Mittel aufbrachte, um nach Marseille zu reisen und ihn dort zu besuchen. Jetzt weinte sie, zerstört und zerbrochen, wie nie zuvor in ihrem Leben, da sie im allgemeinen aus Disziplin bestand, hart mit sich selbst und mit ihren Nächsten.

Die Nebenkonsequenz war die Tatsache, dass sie nun ihre beiden Jüngsten, ihre Töchter, die bald in ein heiratsfähiges Alter kamen, nicht aussteuern konnte. Sie hatte kaum das tägliche Leben, wie sollte sie auch nur eine Mitgift aufbringen?

Marguerite bemalte still und unermüdlich ihre Schachteln mit Rosen und anderen Blüten. Viel sprechen war nicht ihre Art. Regelmäßig und pflichtbewusst besuchte sie die vorgeschriebenen Messen, und auch der Rosenkranz wurde eifrig betätigt.

Marie-Barbe war anders geartet. Sie erfreute sich größter Beliebtheit bei der jugendlichen Männerwelt, hatte viele Verehrer und auch manchen Trick, wie sie sich z.b. aus der Vesper an der Seitentür verdrücken konnte, nachdem alle Anwesenden sie gesehen hatten, als sie am Hauptportal zum Gottesdienst hereinkam. Hier wartete dann ein Jean oder Henry, um mit ihr einen fröhlichen Spaziergang über die sonnige Heide zu machen.

Ihre Grossée hatte es sich zu dieser Zeit angelegen sein lassen, sie etwas zu überwachen, da ihre Tochter Marie-Anne wegen ihrer Trauer nicht aufmerksam war, sie hatte große Selbstzweifel an den Tag gelegt und ihre Mutter allen Ernstes gefragt, ob sie wirklich ein Kind der Liebe in des Wortes wahrstem Sinne sei oder aber ein Kind der Schmerzen und des Menschenhasses.

Marie-Barbe litt unter einem Gefühl des unerwünscht Seins und beschloss, wie ihre Schwestern, etwas zu lernen und Geld zu verdienen. Allerdings hatte sie keine besondere Begabung.

Weder konnte sie Hebamme, noch Blumenmalerin sein. So war sie nur allzu bereit, eine Stelle in dem lieblichen, nahegelegenen Pont-a-Mousson anzunehmen, die die alte Freundin ihrer Mutter, Senta Luxembourger, ihr vermittelte. Sie konnte Jungfer werden bei einer alten, jüdischen Dame, die wohlhabend und hilfsbedürftig war. Bei ihr erfuhr sie eine gute Behandlung und Entlohnung, musste dafür aber auch sehr viel arbeiten.

Wenn das Hausmädchen ausfiel, ließ man sie auch wohl die Dielen schrubben, obgleich dies nicht zu ihren Tätigkeiten gehörte. Sie jedoch fand nichts dabei, im Gegenteil, lieber schrubbte sie einmal Dielen, als ständig feine Spitzen an Nachtjacken und Häubchen zu bügeln, was eine sehr knifflige Angelegenheit war.

Jede Woche hatte sie einen freien Nachmittag und jeden Monat einen freien Sonntag. An Sonntagen führte sie ihr Weg nach Hause, die freien Nachmittage verbrachte sie mit anderen Mädchen in einem Kaffeegarten am Flüsschen, einem lieblichen Platz, der zum Brückenhotel gehörte. Die jungen Damen, die sich an diesen geselligen Nachmittagen dort versammelten, scherzten und kicherten gern. Ganz besonders amüsierte man sich über den neuen Gartenwirt, einen braunäugigen und braunlockigen Italiener, der höchst elegant sein Publikum betreute. Französisch sprach er mit einem leichten Akzent mit vielen Endungen und auch lothringisch beherrschte er wie ein Kind des Landes. Marie-Barbe bemerkte mit Entzücken, dass er ihr schöne Augen machte. Mit viel Übermut kam sie seinem Wunsche nach, abends nach Feierabend mit ihm den Jahrmarkt in Forbach zu besuchen, wohin sie mit einer Droschke fahren würden.

Angetan von soviel Aufmerksamkeit und seinen gewandten Komplimenten, begann sie, sich für ihn zu erwärmen. Zwar hatten sie wenig Zeit, sich kennen zu lernen, da jeder angespannt arbeiten musste. Auch gab es noch andere Mädchen, sowie auch andere junge Männer, die einen Blick wert waren. Darüber verging die Zeit.

Zwei Jahre nach ihrem Kennenlernen fand Pedro es jedoch

von neuem an der Zeit, eine förmliche Liebeserklärung bei ihr anzubringen. Vielleicht hätte jedes junge Mädchen seine wohlgesetzten Worte für ernst gehalten.

So wucherte die Geschichte und kam zu einem Punkt, der womöglich für das menschliche Geschlecht normal war. Er weihte die Angebetete in die Geheimnisse der Liebe ein und verführte sie gründlich. Marie-Barbe, zwiespältig ob der »Sünde«, aber verliebt und unheilbar verloren, erwiderte sein Begehren voller süßer Schauer.

»Marie-Barbe«, sagte die alte Dame Mannheimer, ihre Herrin, »sei so gut und spring hinüber zum Bäcker und hol´ ein Brot. Es ist kein Stück mehr im Hause.«

Marie-Barbe sprang nur zu gerne hinüber zum Bäcker, um Brot zu holen, denn auf der Straße war´s nicht so langweilig, wie oft im Hause Mannheimer. – Nur alte Frauen.

Bäckermeister Jakobs übergab ihr einen Laib Brot, ganz frisch aus dem Ofen und noch warm. Den warmen Brotlaib an sich gedrückt, wollte Marie-Barbe davoneilen, als sie plötzlich eine heftige Bewegung in ihrem Bauch verspürte. Was war das denn? Sie war doch nicht etwa krank? Da, schon wieder!

»Stimmt etwas nicht?«, ließ sich der Bäcker vernehmen.

»Doch, doch, Meister«, gab sie keck zur Antwort, verhielt aber wieder auf der Straße wegen dieser eigentümlichen Erscheinung. Sollte das etwa? Nein, das gab's doch nicht, das hätte sie doch längst merken müssen, es war ja nichts anders gewesen als sonst, oder war doch etwas verändert?

Am Abend versuchte sie mit dem etwas kleinen Spiegel, ausgiebig ihren Körper zu besichtigen. War sie etwa dicker geworden, nein eigentlich nicht, höchstens ihre Brust. Seltsam. Sie beschloss, Pedro einen Zettel zukommen zu lassen, dass er sich melden sollte. Er musste es ja schließlich wissen! Pedro, selten nachdenklich, riet ihr, doch einfach ihre Mutter zu Rate zu ziehen.

»Meine Mutter, ich glaube gar, dass du verrückt bist«, empörte sich Marie-Barbe, »meine Mutter wird mich aus dem Hause weisen.« Nach einigen Hin und Her kam ihr der Gedanke, ihre

Schwester Christine zu befragen, sie war ja schließlich eine Wehmutter und würde sich mit Sicherheit auskennen. Doch bestand sie darauf, dass ihr Geliebter mitkäme zur Schwester, das wollte sie nicht alleine auslöffeln.

Die Schwester konnte ihn jedoch gar nicht gebrauchen und wies ihn an, vor der Haustür zu warten. Hinter der geschlossenen Zimmertür hatte sich die Grossée eingestellt. Sie kam mit ihren Heilsalben überall herum, sie hörte jedes Gerücht. Sie kannte auch den Mann, der vor der Haustüre stand und zu warten schien. Christine hörte sich Marie-Barbes Geschichte an und schüttelte den Kopf. Sie begutachtete auch ihre Brust und ihren Leib und legte ihre Ohren horchend darauf. Schließlich erklärte sie: es gäbe durchaus Fälle, in denen das monatliche Geschehen noch vorhanden sei, wenn sie auch den Grund hierfür nicht zu erklären wüsste. Immerhin sei es so gut wie sicher nach ihren Schilderungen und nach dem Ausehen ihres Körpers, dass sie etwa vie viereinhalb Monate schwanger sei.

»Und der Mann?«, so Christine.

»Er steht vor der Haustür.« »Hoffentlich steht er auch zu dir!«, war Christines schlagfertige Antwort.

»Also sprich mit ihm, aber bitte nicht hier, schon wegen der Kinder. Geht an die Hintertür, dort hört euch niemand!«

Grossée verschwand eilends die Treppe hinauf und nahm am Fenster des Treppenabsatzes Aufstellung, welches über der Hintertür zum Garten hinausging.

Lauschend legte sie den Kopf auf die Fensterbank und erhaschte so ganz leicht, was leise besprochen wurde.

Er: »Natürlich heiraten wir!«

Sie: »Ich bin ja gar nicht volljährig, ohne die Erlaubnis meiner Mutter kann ich gar nicht heiraten.«

Er: »Dann gehen wir einfach fort von hier, zurück nach Italien, in meine Stadt, zu meinen Eltern.« Dabei nannte er den Namen einer Stadt, den hierorts noch niemand gehört hatte. »Mein Vater hat dort eine Auberge. Da wäre Platz für uns und es wird bestimmt alles gut werden.«

Sie vereinbarten das nächste freie Wochenende, das Marie-Barbe in Montigny verbringen würde, sich Punkt 12.00 Uhr, also um Mitternacht, am hinteren Gartentor zu treffen. Um diese Zeit könne er leicht nach Geschäftsschluss von Pont-à-Mousson eingetroffen sein. Sie solle ihre Kleider richten, zum Zeichen ihrer Bereitschaft mitzugehen ein Bündel am hinteren Gartentor ablegen, etwas versteckt im seitlichen Holundergebüsch. Sollte er kein Bündel vorfinden, so bedeute dies, dass sie nicht mit ihm nach Italien auswandern würde. Sie musste sich alles wirklich noch einmal durch den Kopf gehen lassen. Nun, in diesem Falle würde er allein gehen. Und jetzt fand er es auch besser, wenn sie nicht zusammen nach Pont-à-Mousson zurückkehren würden. Je weniger man sie zusammen sähe, umso besser, war sein kluger Vorschlag. Marie-Barbe bemerkte dazu seufzend, dass sie jetzt noch bei der Hutmacherin vorbeigehen wolle, wo sie sich einen neuen Hut für den Sommer bestellt hatte, um den Auftrag rückgängig zu machen. Was sollte sie wohl mit einem Sommerhut? Zu einem Bündel passe wohl besser ein Kopftuch.

»Ein Lump«, sprach Grossée unhörbar vor sich hin. In Montigny hatte er schon ein Kind. Lucille, die es geboren hatte, schwieg sich standhaft über den Vater aus.

In Forbach war eines unterwegs. Das wusste Henriette Blaise von Senta Luxembourger. Wo hatte denn das Mädel seine Augen und Ohren gehabt? Sie seufzte tief in Ergebenheit und Mitleid mit ihrer jungen Enkelin.

Die Schneiderin wollte noch vorbeikommen wegen einer Salbe. Die kleine Tochter hatte die Windpocken. Sie würde ihr etwas gegen Fieber mitgeben. Stolz stellte sie bei sich fest, dass sie bessere Mittel kannte als der Arzt.

10. Kapitel

Marie-Anne war nach Forbach gefahren zu Louise. Ihre Mutter hatte ihr diesen Sonntag dazu geraten. Marie-Barbe hatte ihren freien Sonntag und war in ihrer Schlafstube beschäftigt, sie prüfte Kleider, räumte in ihrem unordentlichen Zimmer auf und wusch Strümpfe. Zum wiederholten Male packte sie ein Bündel, packte ein, aus, packte aufs Neue ein. Es sollte handlich sein. Dann legte sie sich nieder, weil Pedro es ihr empfohlen hatte. Sie wussten ja nicht, ob sie von Metz aus noch einen Nachtzug nach Süden bekommen würden. Wenn nicht, mussten sie warten oder wandern, auf jeden Fall bis zum frühen Morgen.

An Schlafen oder Ruhen war jedoch nicht zu denken. Wie kam es eigentlich, fragte sie sich, dass sie sich in den leichtsinnigen, liebestollen Pedro verliebt hatte? Eigentlich kannte sie ihn ja nur wenig. Was wusste sie denn von ihm? Sein Vater hatte eine Auberge zu Hause, in einer Stadt, in die sie nun gehen sollte, deren Namen sie noch nicht einmal richtig verstanden hatte. Ihr liebes Land musste sie verlassen. Sie war von Angst gepeinigt. Und dann musste sie ihn immer lieben. Vorsichtig strich sie sich über den Leib, in dem es sich schon wieder leise rührte. Nun, wenigstens das Kind würde sie ja lieben, denn das gehörte ihr.

Die Türklinke wurde leise heruntergedrückt. Sie legte sich langsam auf die Seite, da sie nun lieber schlafend war. Ihre Mutter betrachtete sie aufmerksam, erstaunt, dass die Tochter um diese Zeit zu Bett lag. Hatte Marie-Barbe sich verändert? Es erschien ihr so. Das Gesicht kam ihr etwas fremd vor, aber natürlich würden Kinder ja auch älter. Mit leisem Selbstvorwurf gestand sie sich ein, dass sie sich eigentlich recht wenig um ihre Töchter gekümmert hatte, außer um Marguerite vielleicht, die blutarm und von leidvoller Schönheit war.

Als vollständige Dunkelheit herrschte, schlich Marie-Barbe mit ihrem Bündel, das sie dem Kleiderschrank entnahm, durch die Hintertür hinaus, um es im Gras vor dem Holunderbusch am hinteren Gartentor niederzulegen. Es sollte sichtbar, aber auf keinen Fall auffällig sein.

Pedro, Vater, werdender Vater weiterer zweier Kinder, fürchtete nun doch den Zorn seiner Gastheimat. Etwas abgehetzt erschien er gegen Mitternacht wie verabredet am Platz hinter Grimmers Garten. Ein Bündel gab es nicht, auch nicht nach intensivem Suchen im umgebenden Buschwerk.

Marie-Barbe hatte es sich also anders überlegt. Sie musste etwas über ihn erfahren haben, weshalb konnte sie ihn sonst verstoßen? In der Finsternis der Nacht wartete er eine weitere halbe Stunde. Dann machte er sich mit einem tiefen Seufzer auf den Weg. Seines Bleibens war nun nicht länger, den hellen Tag wollte er hier nun nicht mehr erleben. So blieb ihm nichts weiter, als den langen Weg über die Alpen alleine zu gehen.

Vielleicht fand er aber auch unterwegs einen neuen Platz, an dem er bleiben konnte, war doch Gastwirtschaft sein Metier, und Hotels, Wirts- und Caféhäuser gab es überall. So vergaß er seinen Schmerz und vor allem den dreier junger Frauen und begann tapfer auszuschreiten.

Marie-Barbe wachte erschreckt aus leichtem Schlummer auf. 12.30 Uhr, sagte sie, passte ja gerade eben noch. Hinaushorchend in das dunkle Stiegenhaus schlüpfte sie unhörbar hinunter bis zum Gartentor.

Kein Pedro, kein Bündel, wie das? Er hatte sie also betrogen!

Hinter dem Fenster der Grossée flackerte eine einsame Kerze. Hemmungslos schluchzend taumelte sie in Großmutters Zimmer. Grossée saß am Tisch und schrieb etwas aus einem großen Buch in eine Kladde. Im trüben Licht der Kerze sah die Enkelin ihr Kleiderbündel am Fußende des Bettes liegen. Sie sank nieder und ließ ihren Kopf in den Schoß der alten Frau sinken. Madame Blaise sprach nichts. Sie ließ die junge Frau weinen. Später ging sie in die Küche, wo sie Wasser zum Kochen brachte. Sie hantierte mit zwei Büchsen und einer Flasche, gab ordentlich Zucker dazu und brachte eine Schale Tee, also präpariert, ihrer Enkelin, der sie zu trinken gebot. Kurz darauf lag Marie-Barbe auf dem Bett und schlief fest. Ihre Großmutter saß im Sessel. Sie dachte. Sie dachte etwa fünfzig Jahre zurück. Tränen des Mitleids liefen über ihr alt gewordenes Gesicht. Die Tochter hatte sie bewahrt und dabei doch unglücklich gemacht. Die Enkelin war kurze Zeit glücklich gewesen, aber man hatte sie nicht bewahrt.

Mit zitternden Händen packte sie das Kleiderbündel aus.

Pedro marschierte derweil in Richtung Saarbrücken, wo er den Frühzug nach Basel zu erreichen gedachte.

11. Kapitel

Und du willst allen Ernstes zum Fastnachtsball gehen?«, entrüstete sich Marie-Anne Grimmer, und dabei stellte sie wiederum mit Schwung eine Anzahl Flaschen auf dem Tisch ab.

»Ja, Maman«, antwortete ihre Tochter Marie-Barbe, die damit beschäftigt war, die Flaschen mit Etiketten zu versehen. Sie waren gefüllt mit einem erstklassigen Mirabellenlikör, der zum Verkauf gebracht werden sollte.

»Ich werde das nicht dulden!«, erboste sich die Mutter weiterhin. »Du solltest nicht vergessen, dass du Mutter bist und ein Kind zu betreuen hast. Für dich hat es aufgehört, auf Bälle zu gehen. Ich selbst verspüre auch keine Lust mehr, auf der Galerie Wache zu halten. Im übrigen reicht mir ein lediges Kind im Hause.«

Marguerite mischte sich jetzt ein, was im allgemeinen selten der Fall war.

»Frau Mutter, seid nicht so streng!«, bat sie. »Marie-Barbe ist ja schließlich noch jung, versteht doch, dass sie auch gerne tanzen möchte. Auf der Galerie braucht ihr nicht zu sitzen, denn ich werde mitgehen und meine Schwester Marie-Barbe nicht aus den Augen lassen. Die Grossée wird schon auf Josephle Acht geben, das tut sie doch sonst auch, hat ihn ja eh' immer um sich.«

Frau Mutter knurrte etwas Unverständliches und dann lauter: »und außerdem ist es viel zu teuer, Kostüme und dergleichen.« »Wir werden die Kostüme vom vorvorigen Jahr nehmen, die Midinettenkleider. Wenn wir sie etwas aufputzen, sind sie wieder wie neu.«

Marie-Barbe warf ihrer Schwester einen dankbar erstaunten Blick zu. Marguerite war eigentlich nie sonderlich an Bällen interessiert gewesen, im Gegenteil, wenn Marie-Barbe sich allzu lebenslustig gebärdete, konnte sie sogar manchmal recht hämisch werden. Jetzt fügte sie noch hinzu, wie reizend doch der kleine Josephe sei, von allen geliebt, und seit der französische Staat der Mutter endlich eine kleine Rente für den verstorbenen Sohn, den ehemaligen Fremdenlegionär, zugestanden hatte, ging es ihnen ja auch gar nicht mehr so schlecht.

Marie-Anne Grimmer, zwar immer noch unwillig, schwieg jetzt. Bei ernsthaftem Nachdenken musste sie sich eingestehen, dass ihre jüngste Tochter wohl nie mehr einen Mann finden würde, wenn sie ständig eingeschlossen bliebe. War es nicht in Wirklichkeit so, dass sie selbst nie fertig geworden war mit dem »Makel«, nur ein Kind der Liebe zu sein? Weder sie selbst, noch ihre Kinder hatten je einen Vater gekannt.

Der Bürgerball fand am Rosenmontag im sogenannten Hochzeitssaal im Obergeschoss des Rathauses statt. Die Schwestern Marguerite und Marie-Barbe suchten am Abend dieses Tages ihre alten Kostüme heraus. Ausklopfen, Waschen, Ausbessern, Bügeln. Bis zum Rosenmontag würden sie alles fertig haben. Und dann würde die Mutter eben nicht anders können, als ihre Zustimmung endgültig zu geben.

Grossée mischte sich nicht ein. Sie war jetzt alt, oft müde, spielte wohl mit dem zweijährigen Josephe, der ein zusätzlicher Esser war, aber auch ein Licht im dunklen Hause und außerdem das einzige männliche Wesen in einem Haushalt, der sonst nur aus Frauen bestand.

12. Kapitel

W ie ist es mit Tanzen, Adam?«, fragte in Metz der ein Jahr jüngere Bruder Gotthilf den älteren. »Die Fastnacht fängt an!«

»Du weißt doch, Kleiner«, sinniert Adam, »dass ich so kein Fastnachter bin, verkleide mich auch nicht gern.«

»Macht ja nichts, wir kostümieren uns eben nicht, der dunkle Anzug tut's auch, und dazu irgendeine bunte Papiermütze.«

»In den gestrigen »Metzer Nachrichten« wurde der Bürgerball in Montigny im Hochzeitssaal angekündigt. Da wimmelt es nur so von hübschen Bürgerstöchtern«, spann Gotthilf das Gespräch weiter.

»Vielleicht sollten wir hingehen«, meinte Adam, »womöglich ist es mein letztes Vergnügen hier, denn lange werde ich wohl nicht mehr in Metz bleiben können, die Zimmermannsarbeiten sind jetzt endgültig zu Ende, für mich gibt es fast nichts mehr zu tun. Ich werde mir etwas anderes suchen müssen.«

»Ich bleibe für immer in Metz«, erklärt Gotthilf.

»Du hast es gut, hast es immer besser verstanden als ich und die Festung braucht einen ständigen Baumeister, ist ja auch eine ständige Baustelle.«

»Das ja, also warten wir die Fastnacht ab, tanzen uns gründlich aus, damit wir nicht einrosten«, stimmt Gotthilf zu. »Danach schauen wir nach einem neuen Auftrag für dich. Also, schlag jetzt ein!«

13. Kapitel

Als zwei Herren um die Dreißig, gut und teuer gekleidet, beide erstklassige Erscheinungen, betraten sie den Saal, der fastnachtsmäßig geschmückt, von jungen Mädchen nur so überquoll: hübsche und hässliche, kleine, zierliche, gröbere, blonde, braune, alle maskiert. Wie sollte man da erkennen, welche einem gefiele? Adam studierte, wie sie tanzten. Der schlanke Gotthilf, Adam so ähnlich, blond, blauäugig, doch wiederum ganz anders, hatte ein zartes, blondhaariges Kind ins Auge gefasst, das seltsam unbeteiligt dasaß und nur die Augen suchend im Saal umherschweifen ließ. Ob er sie wohl zur Polka auffordern dürfte, fragte Gotthilf artig.

»Die Polka habe ich schon versprochen, aber der Rheinländer ist noch frei«, antwortete Marguerite, denn sie war diejenige, die sich dort platziert hatte, um ihre Schwester im Auge zu behalten.

Aber sie hatte sie gerade entdeckt, als die mit dem anderen dieser beiden scheinbar auswärtigen Herren davon schwebte. Der Fremde kam ihr irgendwie bekannt vor, besonders, als er einher schritt. Es sah aus, als zöge er das linke Bein etwas nach, was seltsamerweise seiner Erscheinung keinen Abbruch tat, im Gegenteil, sie vielleicht sogar interessanter machte. Der Mann sah seriös aus, also konnte sie Marie-Barbe einen Augenblick vergessen, und die Aufforderung dieses zweiten annehmen. Schließlich wollte sie ja auch ein kleines Vergnügen haben. Dieser zweite war schmaler gebaut, aber sonst dem anderen in gewisser Weise äußerst ähnlich, das Haar, die Augen, zwei gutaussehende Männer, womöglich Brüder?

»Sie tanzen wie eine Feder«, bemerkte ihr Tänzer gerade. Marguerite hatte das Kompliment schön öfter gehört, weshalb sie lächelte. Mit diesem Lächeln erschien sie plötzlich sehr reizvoll, nicht mehr so kühl, wie vordem. Gotthilf fühlte sich leicht angeregt.

»Ein schönes Mädchen«, dachte er, »und auch eine Dame.« Da hat er ja wohl eine passende Gesellschaft erwischt!?

Adam amüsierte sich indessen an den schlagfertigen Antworten der Schwarzhaarigen und Braunäugigen im Kostüm einer Midinette. Übrigens erhaschte er einen Blick auf Gotthilf und seine Tänzerin, die ein ähnliches Kleid trug. Wunderbar bauschten sich die Röcke, recht hübsche Beine darunter!

So vergaß er für ein paar fröhliche Stunden, dass er in der nächsten Zeit vielleicht auftrags- und arbeitslos sein würde.

»Wenn alle Stricke reißen«, dachte er, »werde ich nach Öhringen zurückgehen.« Gleichzeitig wurde ihm hierbei aber klar, dass nach einem guten Jahrzehnt Arbeiten mit dem Bruder eine Trennung äußerst schwer werden würde.

Ja, die Eltern wiedersehen, besonders die Mutter, das wäre wunderbar. Immer noch sangen die Brüder zusammen die heimatlichen Lieder, wenn sie guter Stimmung waren. Und zu schlechter Stimmung hatten sie eigentlich wenig Grund gehabt.

Die Kapelle wechselte jetzt zur Mazurka.

Danach ordnete man sich zum wiederholten Male zum Rheinländer. Flugs drehte man sich im Walzer. Danach trank man einen Schluck Wein, der jedoch weniger lieblich war, als der Württemberger daheim oder gar der Badische. Der Wein, schien ihm, kratzte im Halse, aber was sollte es schon, dachte er lachend, hatte er doch dafür ein süßes Mädle im Arm.

Darum fragte er sie auch, als sie des Tanzens müde waren, um die Erlaubnis, sie nach Hause begleiten zu dürfen.

»Ich bin mit meiner Schwester zusammen hier, möglicherweise sitzt auch meine Maman auf der Drachenburg«, meinte die junge temperamentvolle lothringische Schönheit. Nach der Demaskierung war sie ihm noch hübscher erschienen.

»Ich heiße Adam Greiner.«

Es hörte sich so an, als wolle er mit dieser Vorstellung die Seriosität seiner Bitte betonen.

»Ich werde nach meiner Schwester schauen, Marie-Barbe

Grimmer ist mein Name – sie steht dort übrigens mit Ihrem Freund, mit dem Sie gekommen sind.«

Beide Paare näherten sich einander.

»Ich habe der Dame gerade meine Begleitung angeboten«, erklärte Gotthilf.

»Das trifft sich gut, Gotthilf, ich bringe diese Dame nach Hause.« Die beiden Mädchen kicherten zuerst, dann brachen sie in lautes und fröhliches Lachen aus.

»Wir haben nun alle denselben Weg.«

Die hübsche, blasse Marguerite hatte jetzt gerötete Wangen, auch war sie überhaupt nicht mehr schüchtern.

Wie auf Verabredung begann nun eine lebhafte Unterhaltung. Die beiden Mädchen waren bald zu Hause angelangt, und es erschien selbstverständlich, sich für den Dienstag, den Fastnachtsausklang, zu verabreden, denn es kam die Fastenzeit und Ballbesuche waren, besonders im katholischen Lothringen, für eine bestimmte Zeit nicht mehr üblich.

Grossée stand wieder einmal hinter dem Fenster und lauschte. Grossée entging nichts, wenngleich sie in der letzten Zeit manchmal ein Gefühl unsäglicher Müdigkeit überkam. So hatte sie auch gesehen, dass ein Brief mit einer fremdländischen Marke angekommen war, den ihre Tochter sofort in der Kleidertasche verschwinden ließ. Sie konnte jedoch nur ahnen, woher der Brief kam. Auch dachte sie sich, dass der Brief nicht an ihre Tochter, vielmehr an ihre Enkelin Marie-Barbe gerichtet war, denn aus welchem Lande sollte Erstere wohl einen Brief erhalten, von dem die Familie nichts wissen sollte? Marie-Anne, allein, öffnete ohne jede Hemmung den Umschlag. Der Brief war in einem etwas ungelenken, mit italienischen Wortteilen hier und da ergänzten Französisch geschrieben und enthielt außer einer Beschreibung seiner jetzigen Lebensumstände schlicht die Anfrage von Pedro, ob Maria-Barbara ihn noch möchte und ihn heiraten würde, oder ob sie anderweitig gebunden sei. Auch sein Kind würde er gerne kennen lernen. War es ein Knabe, ein Mädchen? Sein Vater habe ihm die Auberge endgültig überschrieben, so dass er gut und gerne eine Familie erhalten könne.

Die ahnungslose Tochter, Mutter eines ledigen Kindes, traf sich inzwischen mit diesem stattlichen, helläugigen Schwaben. »Wirklich ein guter Mensch«, dachte sie immer wieder. Beide fanden sehr großen Gefallen aneinander, und Adam wusste nicht, was ihn eigentlich zurückhielt, sich der Mutter vorstellen zu lassen, die er, da er die Tochter nun kannte, für eine schöne und gütige Frau hielt. Schön war sie, auch stolz, gütig? Nein. Sie zerriss den Brief aus Italien und vernichtete ihn völlig.

Seltsam war dabei, dass sie sich mehr und mehr an den kleinen Josephe klammerte, der, da seine Urgroßmutter manchmal unaufmerksam wurde, ganz und gar unter ihre Fittiche geriet. Insgeheim betrachtete sie ihn als ihren spätgeborenen eigenen Sohn. Ihr Vetter Jean-Pierre, der längst der Curé von Montigny war, hatte ihn auf den Namen Josephe getauft, ganz im Sinne der Familie. Grossée konnte zu alledem nichts sagen. Hatte sie doch selbst seinerzeit das Kleiderbündel, das Merkmal der Bereitschaft, von dem Gartentor entfernt, damit ihre Enkelin nicht an einen wertlosen Menschen geriet, wie sie damals glauben musste. Wenn er allerdings jetzt diesen Brief geschrieben hatte, musste sie sich fragen, ob ihre Handlungsweise seinerzeit richtig gewesen war. Was immer jedoch geschah, Marie-Anne ist ein Biest, dachte ihre Mutter mit Empörung.

Adam Greiner, dessen Arbeiten an der Zitadelle in Metz jetzt endgültig fertiggestellt waren, hatte mit Hilfe von Gotthilf einen Platz in einer Zimmerei in Forbach gefunden. Während sein Bruder es zu Wohlstand, eigenem Haus und Gespann gebracht hatte, musste Adam ein verhältnismäßig bescheidenes Leben führen, was ihn dazu veranlasste, derzeit mit einer Erklärung, womöglich einem Heiratsantrag bei dieser entzückenden, kleinen Bärbel zu zögern.

Marie-Barbes Mutter betrachtete ihre jüngste Tochter mit Argwohn, wenn sie das Haus verließ, besonders weil Marguerite, die sie in letzter Zeit manchmal begleitet hatte, dies nun sehr viel seltener tat.

14. Kapitel

Adam und Gotthilf saßen bei einem letzten Glas Wein in Grimmers Weinstube, neugierig beäugt von Grimmer Junior, der, wie die Damen erklärt hatten, ihr Vetter sei. Der alte Theodor, ein Bruder ihres Vaters, saß ebenfalls bei einem Glase. Wer anderes als er konnte so genau die Geschichte von Christophe und Marie-Anne kennen. »Zwei gut aussehende Männer haben die Mädle sich da ausgesucht«, dachte er. Aber man konnte so gut wie nichts erfahren, denn beide waren nicht von hier, das auf keinen Fall. Mit List und Tücke hatte Gotthilf es fertiggebracht, Marguerite an diesem Sonntagnachmittag einzuladen. Er kannte nicht den Grund, warum sie sich in der letzten Zeit so rar machte, nachdem sie doch am Anfang ihrer Bekanntschaft sichtlich verliebt gewesen war. Ärgerlich sagte er gerade zu seinem Bruder: »Du musst dir nicht so viel Gedanken um deine Zukunft machen, ich werde dir schon helfen, wo ich kann. Schuld an deiner Gereiztheit ist nur die Tatsache, dass wir viel zu abstinent leben, schließlich sind wir ja keine kleinen Buben mehr, wir sind ausgewachsene Männer.«

»Freilich«, murmelte Adam mit einem Lächeln, »dabei sind wir wohl die reinsten Mönche.« Er stand auf, um sich zu verabschieden.

»Ich werde also«, sagte er mit einem leisen Seufzer, »das Fräulein Marie-Barbe mit einem Antrag beehren, ehe ein anderer kommt, um sie mir wegzuschnappen.«

Er zog die Geldbörse. Gotthilf fuhr in jetzt aber an: »Lass das, ich begleiche das schon!«

»Auf keinen Fall will ich ein Almosen von meinem jüngeren Bruder!«, schnaubte Adam ungehalten.

Was war los mit ihnen? Niemals in mehr als 30 Jahren hatten die Brüder ernsthaft miteinander gestritten. Nun reichten sie sich auch wieder die Hand und gingen in verschiedene Richtungen davon. Adam zum Bahnhof, um den Spätzug nach Forbach zu erwischen.

In Forbach wohnte auch Tante Louise Ostermann, geb. Fédaux, in der Försterei. Neuerdings wurde sie häufig von ihrer Nichte Marie-Barbe besucht, so häufig, dass es ihr unbedingt auffallen musste.

Auch an diesem Sonntag erschien die Kleine wieder bei ihr und ihrem Ehemann Luc. Sie habe da, begann die Nichte etwas stockend zu erzählen, einen sehr netten, nein, geradezu wunderbaren Mann kennen gelernt. Allzu gern würde sie ihn der Tante einmal vorstellen. Er käme heute von Forbach durch den Wald, sie hätte ihn gerne ins Forsthaus hereingebeten.

Louise, eingedenk vergangener Ereignisse, erklärte sich sofort mit dem Besuch einverstanden, wollte ihn nämlich gründlich in Augenschein nehmen. Marie-Barbe erschien ihr nämlich immer noch seltsam naiv, und da würde sie alles zu verhüten versuchen, was ihr schaden könnte.

Entsprechend kritisch wurde Adam gemustert, als er das Ostermann'sche Haus betrat. Man trank zusammen ein Schälchen Kaffee, die Herren rauchten eine Zigarre, das Gespräch wandte sich der Politik zu, dem jungen Kaiser, Wilhelm dem II, der ein rechter Soldatenkaiser war und für die Wissenschaft angeblich nicht viel übrig hatte. Die Damen hörten zunächst zu, dann sprachen sie von neuen Frühjahrshüten, da es auf Ostern zuging.

Louise dachte:»Marie-Barbe hat recht, der Mann ist hinreißend, aufrecht, mit ganz leicht hinkendem Gang, hochinteressant. Was arbeitet er?«

»Ein Zimmermeister«, hörte sie gerade Luc sagen.»In Altstieringen fehlt ein Zimmermann. Allerdings wohnen dort vorwiegend Bergleute, die im nahegelegenen Saarland in den Kohlengruben arbeiten.«

Die Prüfung war gut ausgefallen. Ostermanns waren sich einig, dass Marie-Barbe von Glück sprechen könne, wenn es zu einer ernsthaften Verbindung käme.

Zu einer ernsthaften Verbindung kam es an diesem Abend.

Kurz vor ihrem mütterlichen Hause, im Schatten einer großen Gruppe von Birken, die noch kahl, aber mit leichtem graugrünen Schimmer überzogen waren, verhielt Adam seinen Schritt.

»Bleib' einmal stehen, Bärbele, ich möchte heute noch etwas mit Dir besprechen.«

Ruhig, ohne jede Erwartung, unterbrach Marie-Barbe ebenfalls ihren Weg.

»Sprich!« antwortete sie.

Behutsam legte er seine Hände auf ihre beiden Schultern. Wie klein sie doch war!

Er sprach sie jetzt mit ihrem ganzen Namen an: »Marie-Barbe, du bist mir ganz und gar ans Herz gewachsen«, sagte er schlicht. »Könntest du dir vorstellen, meine Frau zu werden? Ich wünsche mir nichts sehnlicher, als dass du mich heiraten würdest.«

Marie-Barbe verweilte zunächst ganz still, seufzt einmal tief auf und dann kommt es wie eine Sturzflut aus ihr heraus: »Schweig still!«, sie schrie es fast, »es wird dir leid tun, dass du mich das gefragt hast, ich bin nicht mehr unberührt.«

»Ich habe dich nicht gefragt, ob du unberührt bist, ich habe dich gefragt, ob du meine Frau werden willst.« Adam hielt sich jetzt mühsam ruhig.

»Ich habe ein Kind, ein lediges Kind, ein Kind der Liebe«, brach es aus der jungen Frau heraus. Dabei hatte sie das Gefühl, dass die Erde sich auftäte, um sie zu verschlingen, und ihr Gesicht wurde hochrot.

»Nun kannst du deinen Antrag zurücknehmen, sag' nicht, dass du mich noch willst, nachdem ich in der Sünde gelebt habe.«

»Nicht so laut, nicht so laut, Bärbele, niemals kann es eine Sünde sein, ein Kind unter dem Herzen zu tragen.«

Ihn überkam eine wunderbare Freude, das Bild seiner geliebten Mutter, seine ganze Kindheit, seine Liebe zu diesem Mädchen, alles drängte sich zu seinem Herzen. Sie lag weinend an seiner Brust.

»Oh Gott«, dachte er, »was hat man ihr angetan?«

Er nahm ihr Gesicht in beide Hände und küsste sie, er küsste ihren Mund, die Tränen küsste er ihr vom Gesicht weg. Sie standen an die Birke gelehnt.

»Sagst du jetzt ja?«

Marie-Barbe schluckte, nickte, lächelte und sagte: »Ja, Adam, und hab' vielen Dank!«

»Nicht doch Mädle, und fragend fügte er hinzu: »was ist es denn, ein Bub oder ein Mädle?«

»Ein Bub, Josephe.«

Marie-Barbe meldete ihrer Mutter den Besuch von Adam Greiner. Madame Grimmer hörte sich schweigend seine Werbung an. Aus schmalen Augen wurde er begutachtend betrachtet. Sie fragte nach Herkommen, Beruf, Alter und Religion.

»Meine Antwort ist nein«, waren die einzigen Worte, die sie für ihn hatte.

»Darf ich Madame fragen, was gegen mich einzuwenden ist?«, ebenso kurz kam es von Adams Seite.

»Ganz einfach«, erklärte Madame, »ich dulde keinen Lutherischen in meiner Familie.«

Adam verschlug es die Sprache. »Ihre Tochter hat hier keine Bedenken«, gab er nur noch zu verstehen, und sie liebten sich, was seiner Meinung nach den Ausschlag geben würde.

»Meine Tochter ist nicht majorenne, und das gibt den Ausschlag.«

»Frau Grimmer« setzte Adam noch einmal zu sprechen an. Aber sie winkte nur mit der Hand ab. Er war entlassen.

»Ich sagte es doch schon«, flüsterte Grossée vor sich hin, die wieder einmal gelauscht hatte, »Marie-Anne ist eine Bestie.« Dabei tappte sie mühsam die Treppe hinauf. Sie erwartete, dass die Enkelin zu ihr kommen würde, um sich Trost zu holen.

Marie-Barbe kam jedoch nicht. Da sie von der Mutter nicht hereingebeten worden war, nachdem Adam in aller Form um sie angehalten hatte, wusste sie Bescheid. Sie war nicht volljährig, und fast hatte sie nichts anderes erwartet, als dass die gestrenge Mutter sich darauf hinausreden würde... Im dunklen Flur wartend, sah sie Adams Umrisse.

»Am nächsten Sonntag im Forsthaus«, hörte sie ihn murmeln, und dann laut:»Auf Wiedersehen Mademoiselle.«

Am Abendbrottisch sah man nur verkniffene Gesichter, außer bei Grossée, von der man in der letzten Zeit manchmal annehmen konnte, dass sie schon halb im Jenseits sei. Kaum, dass der letzte Bissen hinuntergewürgt war, zischte Marie-Anne ihre Tochter Marie-Barbe an:»Dass du mir ja keinen Lutherischen mehr ins Haus bringst! Was hast du dir eigentlich gedacht??«

»Ich habe gedacht, Maman, dass dieser Mann, dieser Adam Greiner, obgleich ein lutherischer, ein schöner, anständiger und liebevoller Mann ist, den man sehr gern haben kann, und bitte, vergiss dies nicht, der auch ein zärtlicher Vater für meinen Josephe sein möchte.«

»Josephe«, rief Maman erbost,»braucht keinen Vater, wer hat hier je einen Vater gebraucht? Josephe gehört zu mir.«

»Josephe ist mein Kind«, Marie-Barbe wird jetzt heftiger,»Josephe gehört mir, ich habe ihn unter dem Herzen getragen.«

»Ja, in Sünde«, erwiderte die Mutter scharf.

»Nicht in Sünde, sondern in Liebe«, schreit Marie-Barbe. Ihr klingen Adams tröstende Worte im Ohr.

»Adam liebt mich dennoch und will mich zu seiner Ehefrau machen.«

»Vergiss nicht, dass ich in diesem Hause das Sagen habe, außerdem weißt du ja, dass du nicht majorenne bist und auf deine Mutter zu hören hast.«

»Ich möchte auf mein Herz hören«, dies kam wie ein Schrei von Marie-Barbes Lippen, so dass die Mutter für einen Augenblick still wurde und ausnahmsweise nicht das letzte Wort hatte.

Marguerite, schneeweiß, völlig verschreckt, schaute ratlos von einem zum anderen.

»Frau Mutter«, versucht sie sich einzumischen …

»Sei still!«, herrscht sie die Mutter an, das geht dich nichts an, du bist ja der heiligen Kirche treu!«

Grossée schlurft aus dem Zimmer, und Marguerite ergreift die Gelegenheit, ebenfalls aufzustehen, um ihr behilflich zu sein.

Marie-Barbe beginnt mit trotzigem Gesichtsausdruck, das Geschirr abzuräumen und es in die Küche zu tragen. Sie ist das Arbeitstier in diesem Haus, sie ist es immer gewesen, soviel wird ihr in diesem Augenblick klar. Wenn sie das Haus verlässt, wird niemand mehr da sein, der für die tadellose Ordnung und Reinlichkeit sorgen wird.

15. Kapitel

Der kommende Sonntag sieht eine zwar keineswegs entmutigte, aber doch besorgte kleine Tischrunde im Forsthaus im Forbacher Wald. Das junge Paar beschließt, von Tante Louise in seinem Vorhaben unterstützt, einfach zum Bürgermeisteramt zu gehen und die Trauung zu beantragen. Schließlich gab es ja nunmehr seit fast 20 Jahren die Standesämter, die die Eheschließungen beurkundeten. Da würde er, Adam, gleichzeitig seinen Personenstand ändern lassen und den kleinen Josephe zu seinem Sohn erklären. Auf diese Weise könne er vielleicht die herrschsüchtige zukünftige Schwiegermutter zur Raison bringen.

Der Bürgermeister von Montigny war gleichzeitig der Standesbeamte. Sein Name war Grimmer, er selbst ein entfernter Verwandter der Tochter von Christophe.

»Ein niedliches Ding«, dachte er, »Gottlob, dass sie diesen Mann gefunden hat, es wird sicher für alle das Beste sein, bei ihrer Geschichte.« Kannte er doch Marie-Anne zur Genüge.

»Monsieur le Maire, wir möchten heiraten«.

»Ist schon recht, sehr recht«, sagte le Maire, »das Beste, was ihr tun könnt, wenn ihr euch nur richtig lieb habt.« Er beginnt, die mitgebrachten Urkunden zu studieren, wirft einen prüfenden Blick auf Adam bei Durchsicht der Papiere.

»Stimmt etwas nicht?« Marie-Barbe fragt es sehr unschuldig

»Mon oncle, ich bekomme einen wunderbaren Mann, er

ist ein Handwerksmeister, aber ebenso gut könnte er ein Edelmann sein.« Der Bürgermeister, mit einem Blick in die Geburtsurkunde:»Ja freilich, vielleicht ein Graf, oder gar ein Fürst!« Dabei lacht er herzlich. Adam verzieht keine Miene. Seine Mutter heißt Regina Greiner.»Der Vater ist unbekannt«, steht dort in amtlichem Deutsch. Gotthilf hatte es neulich schon gesprächsweise eingeworfen, dass ihm der Vater nicht ganz verständlich sei, weil er Adam nicht gleich seinen Namen gegeben hatte. Die Brüder waren nur ein Jahr auseinander und glichen einander aufs Haar. Adam hatte die Achseln gezuckt. Der Vater war ihm immer ein guter gewesen. Er hatte mehr an der Mutter gehangen, die fein und zärtlich war und mit süßer Stimme zur Schlafengehenszeit ein Gute-Nacht-Lied gesungen hatte. Bürgermeister Grimmer unterbrach jetzt seine Schreibarbeit, um seiner entfernten Nichte mitzuteilen, dass die Unterschrift ihrer Mutter fehle. Marie-Barbe stellte sich dumm.

»Wozu, bitte?«

»Kind, du bist ja noch nicht volljährig, man wird erst mit 25 Jahren, das heißt, deine Mutter muss ihre Einwilligung schriftlich geben.«

Natürlich hätten sie wissen müssen, dass eine Amtsperson nicht zu überlisten war. Aber tapfer erklärte die Verlobte:»Es dürfte sehr schwierig sein, für Maman, hierher zu kommen, denn die Grossée ist arg schwach, und so, wie es aussieht, wird sie sich bald zum Sterben hinlegen. Wir glauben nicht, dass die Mutter im Augenblick abkömmlich ist.«

»Ich werde eine Willenserklärung aufsetzen, mit der ihr zur Mutter gehen könnt, um sie unterschreiben zu lassen. Morgen kommt ihr dann wieder, oder kommt es auf einen Tag an?« Dabei wirft er einen forschenden Blick auf Marie-Barbe. Nein, sie hat eine superschlanke Taille.

Adam, dem man den Zutritt zum Hause Grimmer verweigert hatte, wartet auf seine Braut. Im allgemeinen ist er schwer aus der Ruhe zu bringen. Jetzt allerdings nimmt er doch lautes Pochen in seiner Brust wahr. Wird sie, klug wie sie ist, den Betrug hinnehmen? In deutscher Schrift und im deutschen Wortlaut hatte Grimmer, wie es die Vorschrift seit 1871 war, die Willenserklärung wie gestochen zu Papier gebracht.

»Frau Mutter, der Herr Bürgermeister, Monsieur le Maire, fügt sie hinzu, bittet Euch um eine Unterschrift, auf ein Papier zu setzen.« Mit diesen Worten reicht die Tochter der Mutter einen großen Zettel hin. Marie-Anne, französisch und lothringischmundartlich sprechend, ist der deutschen Schrift und des geschriebenen Wortes nicht mächtig. Sei es nun, dass sie dies der Tochter nicht eingestehen möchte, obgleich es jedermann weiß – oder sei es, dass sie ein Schriftstück vom Bürgermeister Grimmer als absolut seriös betrachtet, sie setzt flüchtig ihren Namen unter das Papier, um ihre Tochter damit umgehend zum Amt zu senden.

Gotthilf und Onkel Luc zeichnen als Trauzeugen. Die Zeremonie hat höchstens 20 Minuten gedauert. Adam und Marie-Barbe sind ein Ehepaar.

Der Bräutigam und Luc, der Förster, wenden sich nach Norden, nach Forbach. Gotthilf eilt nach Metz, nicht ohne einen traurigen Blick in die Schulstraße hineinzuwerfen, in der Marguerite wohnt. Die Jungvermählte kehrt ins mütterliche Haus zurück, nachdem eine kurze Verabredung zwischen ihr und Tante Louise stattgefunden hat, die ihnen ihr Heim, das Forsthaus für die Brautnacht geöffnet hält.

»Liebste Marie-Anne«, begrüßt die Frau des Bürgermeisters, eine weitere Madame Gimmer, die entfernte Kusine ihres Mannes. »Da kann ich ja nur herzlichst gratulieren. Wann wird denn die kirchliche Trauung sein? Da würde ich doch wirklich gern dabei sein in unserer so schönen Hochzeitskapelle.«

»Wie bitte, liebe Flora, von welcher Trauung sprichst du?«
Flora wird unsicher.

»Nun, ich denke, Marie-Barbe hätte dir einen so hinreißenden Schwiegersohn ins Haus gebracht.«

Marie-Anne geht ohne Antwort davon, nachdem sie ihrer Verwandten wutschnaubend den Rücken zugekehrt hat. Von einem Frühmessebesuch ist sie noch niemals so zornig nach Hause gekommen. Madame ist es nicht gewohnt, überlistet zu werden.

Ihre jüngste Tochter trifft sie auch nicht zu Hause an, wie neuerdings so oft an Sonntagen. Sie verbringt diese dann bei Tante Louise, die schon immer eine besondere Vorliebe für ihre kleinste Nichte gehabt hatte.

»Wo bist du gewesen?« Wie eine Richterin steht die Mutter vor ihrer Tochter.

»In Forbach, bei Tante Louise.«

»Du stehst mir jetzt Rede und Antwort!« Mühsam beherrscht verlangt sie jetzt dieses.

»Maman, ich bin jetzt nicht mehr Marie-Barbe Grimmer, ich bin jetzt Madame Greiner, damit Ihrs nur wisst. Und da Ihr ja meinem Mann unser Haus verboten habt, wohne ich mit ihm bei der Tante, bis wir eine eigene Wohnung gefunden haben.«

»Du triffst dich also heimlich mit ihm?«

»Erlaubt mir ein Lächeln, Maman, er ist mein Mann.«

»Du schämst dich nicht, in wilder Ehe zu leben. Du bist meine Tochter nicht länger, ich werde dich enterben.«

»Macht, was Ihr wollt«, antwortete die Tochter lachend. Sie hat ihren Mann jetzt seit Wochen im Forsthaus getroffen, albern!

»Traurig«, sagt Adam beim nächsten Treffen, »traurig.«

»Die Mutter ist zornig, weil wir sie hintergangen haben, wir lebten in wilder Ehe, Adam, hat sie gesagt. Sechs Wochen sind wir jetzt miteinander verheiratet. Die Mutter weiß es von Flora, der Bürgermeisterfrau, auch eine Grimmer. Nun bin ich seit der ersten Nacht guter Hoffnung und wir waren immer noch nicht in der Kirche.«

»Marie-Barbe, wir lieben uns stürmisch und wild und nur deshalb könnte man sagen, dass wir in einer wilden Ehe leben. Sonst sind wir rechtmäßig verheirate. Und was die Kirche betrifft, dein Onkel und Beichtvater, Monsieur le Curé Pierre Fédaux, hat uns die Trauung verweigert, das hat er mir ins Gesicht hinein erklärt, als ich ihn wegen der kirchlichen Trauung aufgesucht habe, ich wollte das Aufgebot bestellen.«

»Wie das?«

»Die heilige Mutter Kirche gestattet es nicht, dass du einen evangelischen Mann liebst und dein eigen nennst. Ich wette aber, dass meine Frau Schwiegermutter dahintersteckt. Sie wird es uns nie verzeihen, das Deutschgeschriebene, das ist es.« Seufzend und sich an ihn schmiegend schläft die junge Frau endlich ein.

Unsanft wird sie in der frühen Morgenstunde aus dem Schlaf geweckt:»Wach auf, Bärbele, wach auf! Wir fahren nach Metz.«

»Nach Metz? Was wollen wir mitten in der Nacht in Metz?« kommt es schlaftrunken zurück.

»Gib acht, Kind, mir kam es blitzartig beim Einschlafen: Metz ist Garnisonstadt. Dort gibt es Soldaten, auch evangelische. Also gibt es auch einen evangelischen Pfarrer und zu ihm gehen wir jetzt.«

Der evangelische Garnisonspfarrer, ein Mann mittleren Alters und ein Norddeutscher, hört sich die Geschichte von Adam und Marie-Barbe an.

»Taufurkunden wird es brauchen«, sagt er ruhig,»und wann möchte das Brautpaar, dass ich es aufbiete?«

»Am besten gleich«, sagt Adam, die Taufurkunden wird er in den nächsten Tagen nachliefern. Oder hat er sie vielleicht sogar in der Brieftasche? Natürlich sind sie dort. Adam hat an alles gedacht. Der Pfarrer lächelt milde und pfiffig zugleich. Die Trauzeugen, ja, die Urkunde vom Standesamt, ja, es gibt sie alle. Am Samstag in drei Wochen kann die Trauung stattfinden. Es werden nun die Einzelheiten des Zeremoniells besprochen, sachlich und freundlich.

»Sie sind katholisch? Sie werden bei Ihrer Kirche bleiben?«, wird die Braut befragt.

»Ich möchte bei meiner Kirche bleiben, aber man hat mich bereits in den Kirchenbann erklärt.«

»Nicht möglich«, kommt es vonseiten des Pastors,»das habe ich schon lange nicht mehr gehört. Wo gibt es denn so etwas?«

»Bei uns gibt es so etwas noch, Herr Pfarrer, ich werde es noch schriftlich bekommen von meinem Onkel, dem Priester in unserer Kirche. Meine Mutter wünscht keinen Protestanten in der Familie«, lautete die traurige Antwort der jungen Frau, die dies natürlich als einen großen Wermutstropfen in ihrem Glücksbecher empfindet.

»Beruhigen Sie sich, mein Kind, auch wir sind Christen. Sie können hier in Metz in der Kirche Ihre Ehe mit meinem Segen schließen.«

»Wir danken Ihnen Monsieur«, sagt die im Augenblick kirchenlose junge Frau.

»Ich hätte Ihnen noch etwas zu beichten«, rafft sich Marie-Barbe auf, und sieht dabei ängstlich dem Pfarrer ins Gesicht.

»Dann los, heraus damit!«

»Ich bin im zweiten Monat schwanger«, gesteht sie, indem sie ihren ganzen Mut zusammennimmt. Der norddeutsche Soldatenpfarrer lacht.

»Ja, ja, das macht nichts«, dabei wirft er einen kurzen Blick in die Urkunde der Ziviltrauung. »Das erste Kind kann kommen, wann es will, das nächste braucht dann meist neun Monate.« Mit dieser alten Weisheit bedacht, verlassen sie jetzt das Pfarramt.

Der nächste Weg führte zu Gotthilf. Sie fanden ihn an der Zitadelle, hoch oben auf einem Gerüst stehend, irgendwelche Anweisungen gebend.

Marie-Barbe hielt die Luft an, denn das war ja hochgefährlich, was Gotthilf da machte. Er kletterte jedoch geschickt herunter und kam heil bei ihnen an.

»Endlich einmal eine gute Nachricht!« Er hüpfte umher wie einer kleiner Junge. Insgeheim hoffte er, bei den Hochzeitsfeierlichkeiten endlich Marguerite wiederzusehen, ja sie womöglich zur Seite zu haben. Diese träumte ebenfalls davon, ihre Schwester zusammen mit Gotthilf zum Altar zu geleiten. Sie, die jüngste, würde ja nun wahrscheinlich bald Mutter zweier Kinder sein und sie selbst, was würde aus ihr?

Marie-Anne Grimmer lehnte es ab, der Trauung ihrer Tochter beizuwohnen. Ein Lutherischer, ein Ketzer. So bezeichnete sie ihren Schwiegersohn nicht nur vor sich, sondern ungeniert und schmerzbereitend vor ihrem eigenen Kind. Zu tief saß auch der Stachel, dass es ihnen gelungen war, ihr die Unterschrift abzuluchsen.

»Nein«, sagte sie. Nein war ihr schon zur zweiten Natur geworden.

Als wenig später ihre Mutter, die Grossée, starb, hatte sie diesem »Nein« ihr völliges Alleinsein zu verdanken. Denn, für sie fast unbegreiflich, aber wahr, Marguerite heiratete, sobald es möglich war, den evangelischen Gotthilf Dörflinger.

16. Kapitel

Gotthilf hatte in Metz für die Hochzeit seines Bruders die Festtafel bestellt. Aus ihrem Heimatdorf Pfedelbach an der Enz war lediglich der Vater erschienen, da, wie man zur allgemeinen Enttäuschung erfuhr, Mutter Regina in der letzten Zeit kränkelte. Sie hatte ein schwaches Herz, wie es hieß, und eine Reise war ihr nicht möglich.

Es war nur eine kleine Hochzeitsgesellschaft. Marie-Barbe trug das für diese Gelegenheit übliche schwarze Taftkleid. Einen Schleier versagte sie sich. Ihre Schwester hatte ihr einen kleinen Myrtenkranz und Blüten an dem aufgesteckten Haar befestigt.

Pastor Probst, Sohn eines Lehrers in einem Ort in Niedersachsen, dessen Name Walsrode wohl keinem Metzer oder gar Bürger von Montigny je zu Ohren gekommen war, hatte ihnen schöne Worte mit auf den Weg gegeben. bei Tisch war er launig. Er liebte alte Spruchweisheiten, und so erwähnte er beiläufig: »Es ist keine Hochzeit so klein, es kommt eine hinterdrein.«

»Marguerite«, flüsterte darauf Gotthilf seiner Tischdame zu, »ich frage dich ungern, aber wie alt bist du eigentlich?«

»In den ersten Maitagen werde ich fünfundzwanzig«, wisperte Marguerite leicht errötend zurück, denn sie fand sich schon recht alt.

»Wunderbar«, kam's jetzt wieder von Gotthilf, »dann wirst du ja majorenne, wie ihr so schön sagt.«

»Stimmt genau«, so Marguerite.

»Dann könntest du zum Beispiel heiraten, ohne deine Frau
Mutter zu erbosen.«

»Einen Lutherischen?«

»Ja, einen Lutherischen. Sag ja, Marguerite, ich bitte dich, ich
flehe dich an, wie lange soll ich denn noch warten?«

»Es ist nicht so, dass ich dich nicht liebte, Gotthilf, ich will
dich ja, ich denke an nichts anderes.«

»Wir brauchen uns unserer Gefühle nicht zu schämen«,
kommt es jetzt energisch von Gotthilfs Lippen. »Ich werde
es gleich Adam mitteilen.« Mit diesen Worten steht er auf,
begibt sich zu seinem Bruder und spricht ihm kurz etwas ins
Ohr.

Adam, so gut wie gar nicht erstaunt, klopft ans Glas. Er begrüßt seine Gäste.

»…abschließend habe ich noch die erfreuliche Aufgabe, die
Verlobung meines Bruders, Gotthilf Dörflinger, mit Mademoiselle Marguerite Grimmer bekannt zu geben. Meine herzlichs-
ten Glückwünsche und möge der liebe Gott ihnen einen fröhlichen Brautstand bescheren!«

Jubel, Rufen, Heiterkeit, Umarmungen und Küsse. »Jugend und
Liebe, das gehört einfach zusammen«, ein jeder dachte dies, besonders aber die älteren Herrschaften, und das mit leiser Wehmut.

»Wie sag´ ich´s meiner Mutter?« Tagtäglich und allnächtlich
beschäftigte diese Frage Marguerite.

Adam und seine junge Frau waren jetzt in Altstieringen, wo
sie eine kleine Wohnung, zwei Stuben und eine Küche mit einer zusätzlichen Spülküche, gefunden hatten.

Zunächst sträubte sich Marie-Anne, ihren Enkel Josephe he-
rauszugeben, aber die Familie Greiner bestand darauf, das der
Bub, der ja jetzt ihren Namen trug, von Anfang an auch in ihrer
Familie lebte. Ein neues Leben war im Werden.

»Wenn es ein Mädchen wird, so müssen wir es Margret nennen«, erklärte die werdende Mutter, »weil Marguerite die Patin
sein wird.«

»Wenn es ein Mädle wird, soll es Regina heißen, ganz gleich,
wer die Patin sein wird«, lautete Adams Gegenantwort.

Vorläufig hatte Marguerite noch andere Sorgen. Im Mai, an

ihrem Geburtstag, würde Gotthilf sich vorstellen und um ihre Hand anhalten und dann würde geheiratet.

Es muss nicht besonders erwähnt werden, dass die Mutter einen Schock erlitt, hatte Marguerite ihr doch vor nicht allzu langer Zeit mitgeteilt, dass sie die Absicht habe, dem Dritten Orden beizutreten. Gotthilf hatte auf diese Absicht seiner Braut auch nicht negativ reagiert, fragte aber bei Gelegenheit seinen Bruder Adam, ob ihm etwas über einen Dritten Orden bekannt sei. Adam unterdrückte gerade noch eine spitze Bemerkung. Das Wort »Betschwestern« schluckte er herunter. Lediglich fragte er sich, wie das eigentlich zu Gotthilf passte.

Die Mutter hatte bei üblicher Kühle einen forschenden Blick für die Tochter, als der Verlobte erschien, um mit angemessenen Worten der Form genüge zu tun. Sie zuckte die Achseln, unterließ aber jegliche gehässige Bemerkung über Andersgläubige. Sie fühlte sich machtlos. Ihre Lieblingstochter war so klug gewesen, zu warten, bis sie volljährig war. Sie selbst hatte schon befürchtet, dass sie ihr als unverheiratete Jungfer sitzen bliebe. Zwar wohnte sie auch hier nicht der kirchlichen Trauung bei, besichtigte aber mit einer gewissen Genugtuung das Haus, das Marguerite bewohnen würde. Wenigstens heiratete sie einen erfolgreichen und wohlhabenden Mann. Sie bezog eine schöne Wohnung in Metz, eine Belétage und für ihre Ausgänge und Spazierfahrten stand ihr ein Landauer zur Verfügung. Marie-Barbe dagegen war arm, und ihre Mutter dachte auch gar nicht daran, ihr auch nur mit einem einzigen Bett- oder Tischtuch zu helfen.

Adam hatte wenig Aufträge. Nur Tante Louise spendete gebrauchte Bettwäsche, zerschnitt auch einige Stücke zum Windelnähen und strickte Jäckchen und Häubchen. Außerdem gab es in Stieringen recht hilfsbereite Nachbarn. Im Hause nebenan wohnte ein Geschwisterpaar, beide unverheiratet. Die Schwester führte ihrem Bruder den Haushalt. Bald begannen freundschaftlich-nachbarliche Beziehungen, die, was man noch nicht wissen konnte, bis ins hohe Alter reichen sollten.

17. Kapitel

Ein zartes kleines Mädchen, welches, um jedem Zerwürfnis aus dem Wege zu gehen, Regina-Margarethe genannt wurde, kam an einem 12. Januar zur Welt. Es herrschte eisige Kälte in diesem Winter. Adam hatte aus einer starken Kiste eine Wiege gezimmert, darin Regina-Margarethe lag, von ihrer Mutter vorsorglich in ein Steckkissen gepackt. Mit der Taufe musste gewartet werden, bis die größte Kälte gebrochen war. Gott sei Dank schickte Gotthilf das Gespann. Stolz hielt die Patin den Täufling in der Kirche in Metz in den Armen, hatte sie doch erreicht, dass die Kleine Margret gerufen wurde. In Altstieringen oder näher gelegenen Ortsteilen gab es zu dieser Zeit noch keine evangelischen Kirchen, so dass Regina-Margarethe bereits mit drei Wochen ihre erste größere Ausfahrt machte.

Die schleppenden Aufträge für Adam waren sehr bedrückend. Da sie jedoch die warmherzigen Nachbarn hatten, besonders das Geschwisterpaar Theysen, nahm Marie-Barbe, nachdem Regina abgestillt war, eine Stelle als Zimmermädchen an. Diese wurde ihr von dem einzigen ansprechenden Gasthof – sprich »Hotel« – in Forbach angeboten. Hier verdiente sie eine Kleinigkeit dazu. Ihr Mann war nicht so ganz einverstanden, aber sie wusste ihm klarzumachen, und dies völlig gerechtfertigt, dass sie doch einen Hausstand gründen müssten.

Da ihre Mutter ihre Drohung wahr gemacht und ihre Tochter ohne Mitgift aus dem Hause gewiesen hatte, fehlte es an vielem, wenn auch Adam seinen Beruf gut beherrschte und die meisten Einrichtungsgegenstände selbst herstellen konnte. Marie-Barbes größter Wunsch war aber zur Zeit ein gemütliches Sofa für ihre bescheidene Wohnstube.

Anna Theysen hütete an den Vormittagen die Greiner'schen Kinder und dies tat sie mit einer solchen Inbrunst, dass diese glaubten, es sei ihre Tante und sie auch mit Tante Anna ansprachen. Der Bruder befasste sich ebenfalls mit den beiden Kleinen. Er hatte die Gabe, ihnen eine Menge Wissenswertes beizubringen. Am Abend saßen sie oft alle zusammen, teilten sich ihre Erfahrungen mit und besprachen ihre Wünsche für die Zukunft. Marguerite in Metz wartete sehnlichst auf ein Kind. Doch weder die Kräutersäfte ihrer Mutter noch der erfahrene Arzt in Metz konnten ihr zu Nachwuchs verhelfen. Ebenso wenig halfen zahlreiche Kerzen in der Kirche noch ein Vierzigstündiges Gebet. Wie sich später herausstellen sollte, nutzte ihre Mutter Marie-Anne diesen Umstand, um das Haus, welches einzig als Erbe übrig geblieben war, ihr und ihrem Manne zu hinterlassen mit der Begründung, dass sie durch ihre Kinderlosigkeit der katholischen Kirche keine Seelen vorenthalten habe, wie z. B. das Ehepaar Greiner.

Jetzt allerdings war sie noch sehr lebendig und trauerte einzig darum, dass der kleine Josephe nicht mehr in ihrem Hause lebte.

Das Jahrhundert neigte sich nun langsam dem Ende zu. »Der kleine Josephe« war acht, Regina-Margarethe würde im Januar 1900 fünf Jahre alt werden. Greiners lebten von der Hand in den Mund, Dörflingers fuhren zweispännig.

In der Tageszeitung erschien eines Tages eine kleine Annonce, dass die Familie Meyer wegen Umzugs Haushaltsgegenstände zu billigen Konditionen veräußern wolle. Marie-Barbe, die von ihrem Sofa träumte, machte sich auf, diese Familie zu besuchen. Tatsächlich stand auch ein Sofa zum Verkauf, wahrscheinlich schon recht alt, mit einem Gobelin bezogen und einem langen Troddel an jeder Armlehne ausgestattet. Es wirkte sehr einladend. Auch der Preis war dank ihrer heimlichen Sparkasse aus der Hotelarbeit absolut erschwinglich. Sie bat, ihr das Sofa etwas aufzuheben, bis ihr Mann es sich angesehen hätte. Adam seufzte etwas, als er es erfuhr, aber sie schüttelte ihre Spardose, in der es rappelte und knisterte.
Irgendwie war sein Bärbele bewundernswürdig, musste

er sich insgeheim eingestehen. Tatsächlich wurde am nächsten Wochenende das Möbelstück – bei näherer Betrachtung war es doch recht groß – erworben und mittels Pferdewagen zum Greiner'schen Haus transportiert. Von da an schmückte es deren Wohnstube und zwar so lange, bis es im Jahre 1944 mit der übrigen Einrichtung englischen Bomben zum Opfer fiel in dem Hause im rheinischen Hamborn, einer alten Stadt am Strom, etwas nördlich der Ruhrmündung. Meyers, die ihren Haushalt auflösten, weil ihnen der Transport zu aufwendig war, erzählten ihnen, dass sie im Begriffe seien, ins Ruhrgebiet abzuwandern. Herr Meyer hatte sich überzeugt, dass es dort ungeahnte Arbeitsmöglichkeiten für fleißige Menschen gäbe. Er zum Beispiel bekäme eine Stelle als Techniker in einem Zechenbetrieb, natürlich über Tage, in einer kleinen linksrheinischen Stadt und ein Häuschen dazu. Er hatte sich alles angesehen. Es würde sich lohnen.

»Was schaffen Sie denn, Herr Greiner?« Adam erklärte, dass er Zimmermeister und vor vielen Jahren mit einem großen Auftrag nach Metz gekommen sei, um an der dortigen Zitadelle zu arbeiten. Leider seien nunmehr die Arbeiten an der Festung für ihn abgeschlossen und in Altstieringen, wo sie jetzt lebten, die Aussichten nicht gerade rosig.

Herr Meyer sah Herrn Greiner nachdenklich an. Was er zu sehen glaubte, ließ auf Qualität schließen.

»Herr Greiner«, ließ er sich vernehmen, »Sie könnten sich nicht entschließen, Ihre Heimat zu verlassen und ins Ruhrgebiet ziehen? Von der Natur her ist es zwar nicht so schön, immerhin aber gibt es den mächtigen Rheinstrom mit seinen Uferwiesen, aber die neu entstehenden Fabriken dehnen sich immer mehr aus, kaufen den Grundbesitzern und Landwirten Grund und Boden ab und bebauen ihn mit Werksanlagen. Dafür aber sind die Verdienste sehr gut und die Menschen werden durch die Bank wohlhabend. Schulen gibt es in Mengen. Da haben die Kinder ganz andere Aussichten.«

»Meine Heimat, die habe ich doch längst verlassen, ich bin doch schwäbischer Herkunft«, erteilt Greiner Auskunft, »aber meine Frau ist ein Lothringer Kind.« Herrn Meyer klingt diese Antwort etwas traurig.

»Nun, besprechen Sie es doch einmal mit Ihrer Frau, nämlich«, fährt er fort,»Nächste Woche fahre ich noch einmal nach Völklingen, dort treffe ich einen Herrn von einer solch großen Firma, einem riesigen Stahlwerk, einer Verhüttung. Bin überzeugt, dass die auch einen Zimmermann gebrauchen können.«

»Marie-Barbe, würdest du mit mir von hier fortziehen in eine ganz andere Gegend von Deutschland?«

»Adam, du weißt doch, dass ich mit dir bis- ans Ende der Welt ziehen würde«, spricht lächelnd Marie-Barbe. »Aber warum sollten wir das tun, wir sind doch gerade dabei uns hier einzurichten?«

»Vielleicht würden wir ein besseres Leben haben, zumindest hörte ich so etwas. Ich möchte nicht, dass meine Frau für immer ein Zimmermädchen in einem zweitklassigen Gasthof ist.«

»Hm, wohin gedenkst du denn zu gehen und was wird uns dort erwarten?«

»Wir würden an den Niederrhein ziehen, dahin wo die Ruhr in den Rhein mündet. Dort gibt es große Werke, Hütten, Kohlenzechen, ein riesiges Hafengebiet. Und diese Betriebe brauchen Leute, die etwas können und arbeiten wollen. Die Familie Meyer, von der unser Sofa stammt, wird demnächst abwandern, er verhandelt mit einem Abgesandten, den ich auch, wenn ich will, nächste Woche in Völklingen treffen könnte. Denk bitte einmal darüber nach!«

Am Abend saß man mit Theysens zusammen. Theysen hatte schon davon gehört, zeigte sich sehr interessiert an einem solchen Treffen wie diesem in Völklingen. Auch ein gewisser Grohé, Enkel eines ehemaligen Schullehrers aus Forbach habe ihn neulich darauf angesprochen. In einer Forbacher Zeitung sei eine Anzeige von einem dieser Werke erschienen, aus Hamborn am Rhein. Sie suchten alle Arten von Handwerkern, Arbeitern und Angestellten.

In der genannten Stadt blühten weniger Blumen als in Lothringen und gar keine Obstbäume. Die Blumen waren von den Fabriken aufgefressen worden. Dafür blühten der Stahlhandel, die Kohleförderung und alles, was damit verbunden war, nämlich die Wirtschaft.

Mit zufriedenen Mienen kehrten Meyer, Theysen und Greiner von Völklingen zurück. Meyers hatten Arbeitsplatz und Wohnung sicher. Man könne sich bewerben, hatten die anderen in Aussicht gestellt bekommen, schriftlich mit der Post oder auch durch den Vermittler in Völklingen.

18. Kapitel

Duisburg-Hamborn

Die ersten Tage des neuen Jahrhunderts fanden eine kleine Reisegesellschaft beisammen. Man hatte sich geeinigt, den Auszug und die Reise gemeinsam zu unternehmen. Drei Familien waren bereit, sich im Ruhrgebiet eine neue Existenz zu gründen.

Es waren unterwegs: Greiners mit ihren zwei Kindern, das Geschwisterpaar Theysen und die Familie Grohé, letztere alteingesessene Forbacher. Es war eine große Familie mit mehreren Kindern. Sie alle wagten den Sprung ins Unbekannte.

Regina saß mit ihrem Bruder Josephe auf einem großen Reisekorb. Man fuhr natürlich vierter Klasse. Das kleine Mädchen hörte plötzlich jemanden sagen, es befände sich eine Zigeunerin im Wagen. Sogleich rutschte es vom Reisekorb herunter und eilte zu ihrer Mutter auf den Schoß. Die Mitreisenden starrten sie an. Hätte Adam diese Bemerkung statt ihrer gehört, wäre sicher nur ein charmantes Lächeln über sein Gesicht gehuscht, waren doch die Flut schwarzer Haare und die dunklen Augen seiner Bärbel seine ganze Freude. Ihre Augen waren auch flink, wie die ihrer Mutter, aber sie hatten entschieden mehr Wärme.

Greiners wurden bis zur Ankunft ihrer Möbel im Hotel Handelshof untergebracht. Es handelte sich um ein gutbürgerliches Haus. Allerdings wohnte die Familie unter dem Dach, wo die Mädchenkammern lagen. Zwar hatte das Werk schon ein soziales Netz, aber bis zur kostenlosen Vergabe erstklassiger Hotel-zimmer reichte dieses noch nicht.

Die Söhne der Familie Grohé wurden samt und sonders im Übertagebereich einer Zeche nahe Homberg-Niederrhein eingesetzt, die den Namen Eitel-Friedrich hatte. Sie bekamen einen Platz je nach Beruf – außerdem erhielten sie ein kleines, aber ausreichendes Haus am Rande des Zechenbereiches, in dem die Mutter ihre Männer gut versorgen konnte.

Die Geschwister Theysen fanden Arbeit und Wohnung im nördlichen Gebiet der Stadt Duisburg, die fast nahtlos in die Nachbarstadt Hamborn überging. Sie kamen ebenfalls in den Genuss eines kleinen Hauses.

Hamborn war die größere von beiden, hatte einen ganz anderen Ursprung. Später wurden sie als Schwesterstädte bezeichnet, um irgendwann zu einer einzigen Großstadt zu verschmelzen. Theysens Behausung war sicherlich ein aufge-gebenes Bauernhaus. Es war geräumig und hatte auch Vorzüge, die bis jetzt noch unbekannt waren.

Adam Greiners Arbeitsplatz lag in einem südlichen Teil der Stadt Hamborn, einer ehemals hübschen Stadt mit einem gro-ßen Marktplatz, Kirchen- und Bürgermeisteramt. Sie war aus einem uralten Zisterzienserkloster hervorgegangen, ja, es hieß, dass es sich um das älteste Kloster dieser Art in Deutschland handelte. Die Stadt hatte ein gewisses Flair.

Der Familie hatte man eine geräumige Etagenwohnung im zweiten Stock eines neueren Hauses zugewiesen, wie das Werk sie baute. Für zwei Kinder mochte sie gut reichen. Die Straße war abschüssig und ihre Bürgersteige wiesen Geländer auf. Ur-sprünglich gab es hinter den Häusern Wiesen, die aber inzwi-schen dem Fabrikgelände zum Opfer gefallen waren. Die Mau-ern der Fabrik, aus Ziegeln gerade erst errichtet, reichten bis an die engen Hinterhöfe heran. Die Bevölkerung war rassisch und konfessionell gemischt.

Im Parterre des Hauses wohnte eine Witwe mit zwei Kindern, die einer Sekte angehörten. Im ersten Stock lebte eine große

Familie, die kein Wort deutsch sprach und in der katholischen Kirche anzutreffen war, wo Marie-Barbe sie entdeckte.

Diese hatte Heimweh nach ihrer Kirche, durfte jedoch an der Kommunion nicht teilnehmen, da sie sich bekanntlich im »Bann« befand.

Familie Greiner hatte gerade das obere Stockwerk bezogen, wo sie den größten Raum als Wohnzimmer wählten. Das alte Sofa machte sich gut. Eine Anrichte und ein anderer Nussbaumschrank waren hinzugekommen. Das hübsche Möbelstück erhielt als Dekoration einige Figuren aus Sèvre-Porzellan, die Marie-Barbe einst von ihrer Grossée als Geschenk erhalten hatte. Die weiße Wand wurde mit einer freundlichen Blümchentapete beklebt, es gab Tisch und Stühle, weiße Gardinen. Die Stube hatte unbedingt etwas Französisches an sich. An dieser Seite befanden sich noch zwei Schlafzimmer, dazwischen eine kleine Kammer.

Josephe erhielt ein Schlafzimmer, das andere die Eltern, dazwischen lag die Kammer mit einem Kinderbett für die kleine Regina, die noch in der Nähe der Eltern schlafen sollte.

Auf der linken Seite lag die Küche, in der auch gegessen werden musste, dahinter gab es ein weiteres Zimmer, welches zunächst noch leer stand. Die hintere Aussicht ging direkt auf den Fabrikhof. Auf der verdorrten Wiese lagen Eisenteile und alte Schwellen herum.

Die Straße war freundlicher und da sie gegen den Fahrdamm durch Geländer abgesichert war, konnte man dort die Kinder spielen lassen.

19. Kapitel

Der erste Geburtstag Reginas im neuen Heim, sie wurde fünf Jahre alt, ließ keine großen Hoffnungen auf einen vergnügten Kaffeenachmittag aufkommen. Man war zu sehr im Umbruch und hatte noch keinerlei Freunde oder Bekannte in der fremden Umgebung. Zur allergrößten Freude, besonders aber der Kinder, tauchten die Geschwister Theysen auf und es gab einen großen Jubel, besonders über das Erscheinen von Tante Anna, die dann auch die entsprechenden Süßigkeiten aus ihrer großen, alten Handtasche hervorzauberte. Es waren andere Bonbons, auch kein Nougat, aber alles schmeckte doch herrlich: buntfarbene »Seidenkissen« und Schokoladenriegel. Der Besuch erzählte, auf welch abenteuerlichem Wege sie von ihrem nördlichen Duisburg in das südliche Hamborn gelangt waren. Teilweise konnten sie noch eine Pferdebahn benutzen, in der eine Menge Leute Platz hatten. Große Strecken mussten zu Fuß zurückgelegt werden. Es hatte sich allerdings herausgestellt, dass die Entfernungen geringer waren, als man dachte, wenn man erst wusste, welche Abkürzungen man nehmen konnte. Für den nächsten Sommer bot Anna an, Regina für einige Zeit zu sich zu holen, da in ihrer Nähe noch größere, gut erhaltene Bauernhöfe lägen, auf denen man frische Milch, Eier, Gemüse und Kartoffeln erwerben könne. Marie-Barbe hatte, wie es sich bald zeigen würde, guten Grund, dieses Anerbieten dankbar anzunehmen.

Adam musste, bevor er als Meister die betriebliche Zimmerei übernehmen konnte, zunächst einen Probedienst absolvieren. Der Lohn war nicht allzu hoch, da er jedoch mit absoluter Regelmäßigkeit hereinkam und beide Greiners schon von der Abstammung her äußerst sparsam waren, hatte man bald einen Modus gefunden. Adam hatte es jetzt viel leichter, seine

Familie ordentlich zu halten und zu ernähren. Es stellte sich nämlich heraus, dass ein weiteres Kind unterwegs war und zwar in der Art, wie schon einmal bei Marie-Barbe. Sie hatte keine Ahnung.

Als sie vom Bäcker nach Hause eilte und ein frisches, noch warmes Brot an den Leib drückte, fühlte sie plötzlich Bewegungen in ihrem Bauch, die ihr inzwischen allzu vertraut waren. »Adamle«, rief sie aufgeregt, als sie die abendliche Wohnung betrat, »ich bin sehr aufgeregt, wir bekommen wieder ein Kind. Ist das nicht arg, gerade jetzt, wo ich es gar nicht gebrauchen kann?«

»Geh, Bärbele, wer wird denn so etwas sagen!«

Einen ärztlichen Rat einzuholen, lehnte seine Frau ab. Sie wusste schon Bescheid, wenn es auch nicht genauso war, wie im Allgemeinen. Anna nahm ihr Regina im Spätsommer ab. Sie war der Meinung, dass das kleine zarte Ding die Milch und die Butter von Laakmanns Hof am nötigsten hatte. Josephe, der ja schon zur Schule ging, konnte nicht unbegrenzt von zu Hause wegbleiben, außerdem besorgte er seiner Mutter schon die meisten Einkäufe. Im Oktober kam das Baby zur Welt, ein hübsches, pausbäckiges Mädchen mit einer kräftig entwickelten Stimme. Adam lachte und schäkerte mit dem Säugling. Ihn konnte auch ein drittes Kind nicht aus der Ruhe bringen, oder ihm gar die Zuversicht rauben. Zwar war er nicht glücklich mit dem derzeitigen Leben. Die Stadt war rußig und schmutzig, wenn sie auch durch eine Hauptstraße, zahlreiche Läden, Restaurants und schöne Bürgerhäuser ein bequemeres und reichhaltigeres Leben bot, als sie es vorher in Altstieringen gehabt hatten.

Insgeheim sehnte er sich oft nach der Mühle, den Gärten und dem Flüsschen seiner Heimat. Es fehlte ihm auch die vertraute Sprache und das Singen der schönen, süddeutschen Lieder. Seiner Eheliebsten gegenüber äußerte er sich jedoch nicht dazu. Er wollte ihr das Herz nicht schwer machen, konnte er sich doch gut vorstellen, dass es ihr ähnlich erging. Sie waren ja sonst nach wie vor sehr glücklich miteinander, ein Zustand, der bis an ihr Lebensende anhielt. Auch schenkte sie ihm hübsche und gesunde Kinder, ein wahrer Segen war das.

Im Frühling schob Bärbele einen blauen Kinderwagen vor sich her. Zur Rechten und zur Linken gingen Regina und Josephe. Sie marschierten durch eine lange dunkle Unterführung, die unter den Bahngleisen des Werkes hindurchführte, danach kamen sie auf eine gerade Straße, die direkt am Rhein endete. In den weiten Uferwiesen konnten sie spazieren gehen, die Kinder laufen und rennen. Häuser gab es hier wenige, lediglich hatte die Fabrik einen kleinen Hafen angelegt. Weiter oberhalb hatte ein Schwimmverein eine Badeanstalt in den Strom hineingebaut, die mit dichten Zäunen gegen die Strommitte hin begrenzt war. Viel später erwarben sie hier einen Garten, der für die Familie zum grünen Erholungsort und zur zusätzlichen Nahrungsspende wurde. Man sprach viel davon, dass eine Gesellschaft den Bau einer elektrischen Straßenbahn plane, aber zunächst würden gewiss nur die Geradeausstrecken miteinander verbunden werden. An dieser Stelle des Ufers würde bestimmt keine Straßenbahn ihren Endpunkt finden.

Das schöne, große Zimmer sollte jetzt auch endlich eingerichtet werden. Adam arbeitete an einer treppenförmigen Blumenbank für Marie-Barbes Topfpflanzen. Sie selbst hatte am oberen Fensterteil Spitzengardinen angebracht, an denen es gerade noch etwas zu Zupfen gab. Mit hübschen Gardinen und der Blumentreppe, die etwa bis zur Hälfte des Fensters reichte, gedachten sie die leider so hässliche Aussicht auf den benachbarten Fabrikhof zu verdecken. In nächster Nähe befand sich nämlich ein Koker, aus dem sehr häufig lohende Flammen in den Himmel strebten. Das nannte man Abfackeln. Schlafen konnte daher niemand dort, denn es schien, als würde vorwiegend nachts abgefackelt. Vielleicht, so sinnierte Adam, würde durch schwere Vorhänge das wilde Licht ausgesperrt, so dass eventuell doch die Mädchen hier ein Schlafzimmer bekommen könnten, nachgerade wurde die Zwischenkammer doch etwas eng für beide.

Marie-Barbe seufzte und hielt mühsam die Tränen zurück, denn sie wusste, dass sich die Familie wieder vergrößern würde. Sie hatte es Adam noch nicht mitgeteilt, denn eigentlich wünschte sie sich keine Kinder mehr und war entsprechend missmutig. Andererseits konnte sie sich aber die Reaktion von Adam vorstellen, der ihr ihren Kleinmut dann vorhielt und womöglich sogar glücklich wäre, sollte es ein Knabe werden. Sicher wünschte er sich einen eigenen Sohn.

Eben setzte er an, seiner Frau zu erklären, wie er in der nächsten Zeit seinen Lebensstil zu verändern gedachte. Der Kollege von der Gießerei, der Meister Heinrich nämlich, hatte ihn aufgefordert, doch dem vaterländischen Männerverein beizutreten, der national-liberale Tendenzen hatte und außerdem ein gewisses gesellschaftliches Leben möglich machte unter der deutschen Bevölkerung der so stark gemischten Bewohner des Ruhrgebietes. Es sei auch die Gründung eines evangelischen Arbeitnehmervereins vorgesehen, von dem in anderen Teilen Deutschlands schon Gruppen tätig seien und der Niederrhein wolle jetzt nachziehen. Marie-Barbe, mit wenig Wissen von diesen Dingen, befragte Adam jetzt doch nach dem Zweck dieses Vereins.

»Die evangelischen Arbeitnehmer wünschen in der Regierung vertreten zu sein« erklärte Adam. »Eine eigene Lobby wollen sie haben.« Mutfassend nach dieser Mitteilung kam Marie-Barbe jetzt damit heraus, dass sie kürzlich dem katholischen Frauenverein beigetreten sei. Adam hielt die Luft an.

. »Ja, kannst du das denn?«, wollte er gerade fragen, verbot es sich aber noch rechtzeitig.

»Nun, zur Kommunion kann ich natürlich nicht gehen«, fuhr sie fort, »aber zum Frauentreffen kann ich kommen, schließlich gehe ich ja auch in die Kirche.«

»Keinen Schritt würde ich in eine Kirche machen, die mich so behandelt hat«, das waren Adams Gedanken. Wenn aber ihr Seelenheil nun einmal davon abhinge, er würde es ihr nicht streitig machen, sollte sie in Gottes Namen in den Frauenverein gehen.

Schlagartig kam ihm dabei in den Sinn, wer die Frauen waren, die neuerdings immer in der Küche herumsaßen, Wolle wickelten oder strickten und Unmengen Kaffee dazu tranken. Mit sicherem Instinkt hatte er sie ja bereits als »Betschwestern« eingestuft.

Beim Zubettgehen war Marie-Barbe nun nicht mehr in der Lage, Adam ihre neuerliche Schwangerschaft länger zu verheimlichen. Unter Tränen setzte sie ihn in Kenntnis von einer Sache, die, wie sie hätte wissen müssen, ihn in keiner Weise unglücklich machen würde. Es ging ihnen jetzt gut, ja und vielleicht würde es ja ein Sohn, hoffte er.

Es müsse jetzt aber das letzte Kind sein, erklärte ihm seine Frau, es reiche ihr wirklich und dabei spräche er von dem Beginn eines gesellschaftlichen Lebens.

Adam trat dem vaterländischen Männerverein bei.

Zu seinem größten Erstaunen hatte der katholische Gemeindepfarrer seines Stadtteils den Vorsitz inne. Er war ein noch jüngerer Mann, höchst engagiert und sehr aufrecht. Er begrüßte jede Mitarbeit, führte in der Folgezeit viele Gespräche mit Adam und es entstand eine wunderbare Männerfreundschaft.

Der sogenannte gesellschaftliche Teil bestand aus abendlichen Zusammenkünften der Männer, die Möglichkeit eines Theaterabonnements in einem großen Saal am Orte, in dem das wohlbekannte und erstklassige Stadttheater der Rhein- und Ruhrstadt Duisburg eine Art Filiale errichtet hatte und alles anbot, was auf dieser Bühne möglich war. Das Hauptgewicht jedoch lag auf einem alljährlichen Sommerausflug ins Grüne, an den Niederrhein, auch »Busch« genant, sowie einem Winterball zu Kaisers Geburtstag. Der evangelische Arbeitnehmerverband suchte Gründer, und es war der katholische Gemeindepfarrer, der Adam aufforderte, sich hierfür stark zu machen.

Zu diesem Zweck hatte Adam nach Köln zu fahren, welches als Gründungsort gedacht war.

Adam, lange genug in der Enge lebend, ergriff seine Möglichkeiten mit Heißhunger. Sein junger Freund, Pfarrer Kießling, bestärkte ihn in seinen Vorhaben, ja, er bot sich an, ihn nach Köln zu begleiten und ihm dort die Sehenswürdigkeiten, insbesondere den Dom, vorzustellen.

Trotz all dieser Aktivitäten, vielleicht sogar aber deswegen, blieb Marie-Barbe missmutig. Erst die Ankunft des vierten Kindes – es war ein Sohn – und die unerhörte Freude von Adam, ließen sie ihren Ärger vergessen. Ihr Mann war echt glücklich und er liebte sie mehr denn je. Beide Eltern verglichen gelegentlich die Gesichter der beiden Söhne. Der Neugeborene glich seinem Vater, meinte man. Er glich auch seiner Mutter und somit seinem Halbbruder. Greiners hatten jetzt eine Kindtaufe und im Frühjahr die Konfirmation von Josephe vor sich, zwei größere Veranstaltungen, die Aufmerksamkeit und auch Geldausgaben verlangten. Niemand dachte darüber nach, dass Josephe seinerzeit in Montigny katholisch getauft worden war. Zu dieser Zeit wurde auch Adam von leiser Trauer übermannt, denn er dachte an seine Heimat, seine eigene Kindheit und seine Lieben, die er nicht mehr wiedergesehen hatte. Reisen war für sie als einfache Menschen so gut wie unmöglich. Glücklicherweise aber kamen an solchen Tagen immer die treuen alten Freunde aus dem Lothringischen, so dass wenigstens seine Frau eine Freude hatte. Die zur Konfirmation eingeladene Großmutter aus Montigny, in deren Hause Josephe geboren war, bemühte sich jedoch nicht. Sie übte sich in vollkommenem Schweigen, ein Mensch, der scheinbar nicht verzeihen konnte. Die unausgesprochene Frage, wie man Mutter und Tochter versöhnen könnte, blieb offen.

Die Tochter hatte alle Hände voll zu tun: Zunächst den Jüngsten, Hermann, in der Wiege zu versorgen, war oberstes Gesetz. Schulbrote für Regina richten, mit der fünfjährigen Sophie spielen, sie beschäftigen, denn sie war ein sehr aufgewecktes Kind. Josephe war eben zu Hause. Er sollte in den nächsten Tagen seine Aufnahmeprüfung für die Handelsschule machen. Dies würde ihm sicher schwer fallen, wenn er auch nicht dazu neigte, sich allzu viel Gedanken darüber zu machen. So war er nicht veranlagt, aber leider auch nicht allzu intelligent, so dass der Ausgang der Prüfung noch ziemlich fraglich war.
Er lungerte in der Küche herum, wo seine Mutter gerade einen kleinen Kessel mit Kinderwäsche auf die einzige Ofenplatte gesetzt hatte, auf diesen Herd, der eigentlich gar kein Herd war. Eher ein scheinbar von einem süddeutschen Ofensetzer entworfener Sesselofen, der höchst anheimelnd, aber für eine größere Familie nicht unbedingt praktisch war.
Zwei kleine Mädchen, – oh, wo hatte sie denn dies schon ein-

mal erlebt? – stürmten ihre Küche mit den Worten: »Frau Greiner, Frau Greiner, bitte kommen Sie schnell in die Schule, der Lehrer Klett hat Ihr Gretchen totgeschlagen!«

Wie einst Madame Grimmer, in Küchenschürze und mit einem Herdeisen in der Hand, so rannte Frau Greiner mit den Kindern, indem sie ihrem Sohn Josephe zurief: »Gib auf den Kessel gut acht und rühre ab und zu einmal vorsichtig um!«

Im Klassenraum lag ihre kleine, zarte Tochter im Mittelgang der Schulbänke. Sie rührte sich nicht. An der rechten Wange, am Jochbogen, war etwas Blut ausgetreten und das Gesichtchen fing bereits an, rot und violett anzuschwellen. In der Klasse herrschte ein wildes Geschrei, und eine männliche Person, ein junger Mensch noch, stand etwas ratlos mit gespreizten Händen da. Auf die laut hervorgestoßene Frage, was hier vorginge, antwortete er nicht.

»Haben Sie mein Kind geschlagen?«, rief die Mutter erbost.

»Ja«, setzte er an und versuchte einen Satz anzuschließen, mit dem er sich rechtfertigen wollte.

»Ich wünsche sofort den Schulleiter zu sprechen, sowie die Anwesenheit unseres Hausarztes hier in diesem Raum!«

Der Schulleiter kam von selbst. Er hatte das Getöse gehört und war herbeigeeilt. An seinem Blick auf den Junglehrer war bereits zu erkennen, dass dies kein erster Fall war. Herr Klett trug an seiner rechten Hand einen umfangreichen Siegelring. Mit dem Handrücken hatte er der Schülerin auf die rechte Wange geschlagen. Der Ring hatte die Wangenhaut verletzt und ihr zu einer Platzwunde verholfen. Der Schlag musste sehr heftig gewesen sein.

»Warum?« begehrte die Mutter zu wissen. Margret Greiner hatte den Unterricht durch Schwatzen gestört.

»Schämen Sie sich!«, rief Frau Greiner, »so ein zartes Kind, das ist Misshandlung!«

Margret wurde ins Lehrerzimmer getragen, wo sie zu sich kam. Der Schulleiter, Rektor Hofmann, näherte sich Frau Greiner mit entschuldigenden Worten.

»Ich werde ihn versetzen lassen«, brachte er am Ende etwas mühsam hervor.

Der alte Arzt, zuständig für den gesamten Stadtteil, war nicht zu erreichen. Die Mutter und eine Schülerin der Oberklasse führten das geprügelte Margretle nach Hause.

Der alte Arzt, Dr. Lengenich, kurz der »Herr Rat« genannt, konnte nicht in seiner Praxis sein. In der Wohnung der Greiners schien es, als sei der Teufel los. Schon auf der Treppe roch es intensiv nach übergekochter Waschlauge. In der Wohnküche saß Dr. Lengenich über eine am Boden liegende Gestalt gebeugt und versuchte, mit einer großen Schere dieser Gestalt die Kleider vom Leibe zu schneiden. Frau Sliwa, die Polin aus dem ersten Stock, lief mit der kleinen Sophie an der Hand aufgeregt schreiend umher und versuchte, die Anweisungen des Arztes zu verstehen. Er verlangte natürlich von ihr, dass sie schleunigst einen Krankenwagen herbeizurufen habe.

Josephe lag auf dem Boden, brüllte vor Schmerzen und in der Kammer schrie der Säugling Hermann. Frau Sliwa, die Polin, rannte zum Werkstor am Ende der abfallenden Straße und verlangte dort Meister Greiner zu sprechen. Es sei nicht erlaubt, erklärte der Pförtner, dass ein Werksangehöriger während der Arbeitszeit an das Tor käme. Die Frau weinte und gestikulierte.

Die Fabrik war noch eine junge Gründung und gehörte drei Brüdern. Der jüngste, ebenfalls ein Josef, bekannt für seine Kleinlichkeit und Herumschleicherei, hörte immerzu seinen Namen nennen und stellte sich am Tor auf. Hier hörte er das laute Berichten von einem Unfall und das Schreien nach einem Krankenwagen, da Josephe verbrannt sei. Er reagierte ausnahmsweise menschlich, indem er sich einmischte und das Fahrzeug befahl.

Nackt, mit zahlreichen großflächigen Verbrühungen an Rücken, Hals und Armen, mit einem Betäubungsmittel versehen und in eine Bettdecke gehüllt, hatte man Josephe im Krankenwagen festgezurrt.

Von zwei Gäulen in schnellem Trab gezogen, raste das Gefährt in den nächstgelegenen Stadtteil der alten Stadt Hamborn, in dem es zwei Krankenhäuser gab, je eines der beiden christlichen Konfessionen. Im Wagen hockten die Mutter Marie-Barbe und der Herr Rat, auf dem Bock beim Kutscher der Vater.

Josephe, der die Aufgabe gehabt hatte, den Waschkessel zu überwachen, hatte in seiner verträumten Gleichgültigkeit den Kopf auf den Arm gelegt, mit dem Gesicht in der Ellenbeuge auf der Messingstange am Rande des Herdes. So war er eingeschlafen. Rotglühende Eisenringe auf dem kleinen Herd hatten den Kessel zum überkochen gebracht. Die Lauge hatte sich mit einem mächtigen Schwall über den schlafenden Jungen ergossen. Das Schreien des Verbrühten und das laute Gequietsche der kleinen Sophie hatten die Polin auf den Plan gebracht, die sogleich die Nachbarstochter zum Arzt gehetzt hatte.

Jetzt war sie mit zitternden Händen damit beschäftigt, dabei Sophie an ihrer Schürze hängend, eine Milchflasche für das Baby zurechtzumachen, wobei sie nicht wusste, was es sonst zu sich nahm. So benutzte sie Haferflocken in der berechtigten Annahme, dass Babys in der ganzen Welt Haferflocken vertragen würden. Mehr konnte man auch wirklich nicht von ihr verlangen.

Die Eltern Greiner saßen schweigend auf dem Krankenhausflur, Marie-Barbe in ihrer Schürze weinend, als der alte Arzt und ein weiterer Kollege sich ihnen näherten.

»Meine Herrschaften«, begann der Jüngere, »es sieht sehr böse aus. Es handelt sich um eine Verbrühung höchsten Grades, die Wunden sind tief und die Haut ist zu einem hohen Prozentsatz zerstört. Ich glaube nicht, dass es eine Hilfe gibt, außer Schmerzmitteln können wir nichts geben und die einzige Möglichkeit ist das Dauerbad.«

»Soll das heißen, dass mein Sohn nicht am Leben bleiben kann?«

»Bedauerlicherweise sieht es so aus«, meinte nun auch Dr. Lengenich, »zuviel Haut zerstört.«

»Wenn Josephe sterben soll«, rief seine Mutter, »nehmen wir ihn sofort mit nach Hause, sterben kann er bei mir, dazu brauchen wir kein Krankenhaus.«

»Wir legen ihn in die Badewanne«, erklärte der Arzt wieder. »Sie gehen jetzt bitte erst einmal nach Hause, versuchen sich zu beruhigen. Sie können jederzeit wiederkommen. Jetzt steht er unter der Wirkung der schmerzstillenden Mittel, mehr können wir im Augenblick nicht tun.«

Regina Margarethe lag auf dem Sofa. Sie hatte einen Umschlag auf ihrem Gesicht und die Tochter der Schneiderin saß an ihrem Lager und las ihr etwas vor.

Grimmig und verbissen begann Marie-Barbe die Wohnung aufzuräumen, zu reinigen und die Kinder mit einem Imbiss zu versorgen, damit sie sie zu Bett bringen konnte.

Adam wusch sich.

Marie-Barbe zündete eine Kerze an und holte den Rosenkranz hervor, den sie, leise vor sich hin lispelnd durch ihre Finger zog. Adam stopfte sich eine Pfeife und tat einige tiefe Züge.

Nicht lange und seine Frau holte Papier und Bleistift herbei, nachdem sie den Rosenkranz entschlossen auf die Seite gelegt hatte. Sie machte sich ans Schreiben.

»Was und an wen schreibst du, Bärbele?«

»Ich depeschiere an meine Mutter, Adam, sie soll kommen.«

»Sie soll kommen, hierher?« Einigermaßen befremdet stieß Adam es hervor.

»Morgen früh holen wir Josephe aus dem Hospital nach Hause, wo sie ihm doch nicht helfen können und ihn sterben lassen. Jetzt laufe ich zum Spätschalter und gebe die Depesche auf. Meine Mutter soll helfen!«

Später, an Adams Seite still im Bett liegend, nahm sie wieder ihren Rosenkranz zur Hand. Adam verschränkte die Hände hinter dem Kopf. Niemand wusste, was er dachte. Er wusste es selbst nicht genau.

20. Kapitel

In der Schulstraße in Montigny, im Hause Nr. 6, wurde weit nach Mitternacht die Glocke gezogen. Madame Grimmer, allein im Hause, seit vielen Jahren einsam und auf sich gestellt, rief zum Fenster hinaus:»Wer ist draußen?«

»Depeschenbote, – Telegramm aus dem Rheinland!«

Die allzeit beherrschte Dame durchfuhr es.»In der Nacht!«, dachte sie.

»Kommt herein, Henry«, sagte sie»lasst mich jetzt nicht allein.«

»Madame la Mère« hieß es,»Josephe schwer verbrüht, Lebensgefahr, bitte gleich kommen, Eure Marie-Barbe.«

»Ihr wisst Bescheid, Henry?«

»Ja, Madame.«»Was wisst Ihr über die Eisenbahn?«

»Der Frühzug nach Saarbrücken geht vor 5.00 Uhr. Dort müsst Ihr einen weiteren Schnellzug in Richtung Köln nehmen, sollte leicht möglich sein, zum rheinischen Kohlenrevier.«

Madame Grimmer nestelte an ihrer Geldbörse, suchte Münzen zusammen, reichte sie Henry mit den Worten:»Seid so gut, depeschiert für mich an Marie-Barbe: Komme mit dem nächsten Zug, Maman.«

Der jugendliche Schaffner im Schnellzug Saarbrücken-Oberhausen lächelte über die alte Dame, die jetzt ihren Fahrschein vorzeigte und mit leiser Stimme in einem fremden Dialekt Fragen stellte. Sie war ganz in schwarz gekleidet, trug einen seidenen Mantel und was für einen Hut? Was für ein sonderbares Ding das war, altmodisch, vielleicht aus dem vorigen Jahrhundert. Nein, die hatte doch tatsächlich eine Haube auf dem Kopf. An ihrer Seite stand eine alte Reisetasche, die sie sorgsam zu hüten schien, denn als er sie im Gepäcknetz unterbringen wollte, bat sie, sie doch stehen zu lassen, da sie sehr schwer sei und ja auch wieder heruntergenommen werden musste. Ja, sie kämen jetzt nach Mannheim, sagte er gerade erklärend. Der große Strom, das wäre natürlich der Rhein, aber sie sollte ihn erst einmal in Köln oder Düsseldorf sehen, da habe er gut seine 500 Meter Breite. Nein, umsteigen bräuchte sie nicht mehr, in Köln passiere er die Rheinbrücke und würde dann auf der rechten Stromseite weiterfahren. Marie-Anne Grimmer blickte jetzt hinaus auf das gewaltige Gewässer, das mit seinen grünen, über weite Strecken mit Weinhügeln eingerahmten Ufern wirklich einen wunderbaren Anblick bot. Frachtkähne tuckerten flussauf- und flussabwärts mit Kohle und mit anderen Gütern, z.b. einem weißen Salz beladen, ein lebhaftes Treiben. Da konnte man schon verstehen, warum die Franzosen diesen Strom gerne für ihr Land in Besitz genommen hätten.

Die Reisende nickte etwas ein, dann holte sie ein Weißbrötchen heraus, knabberte daran und öffnete eine Flasche mit Milchkaffee, der inzwischen völlig abgekühlt sein musste. Es gebe in diesem Zug auch einen Speisewagen, hatte man ihr erklärt. Aber wozu sollte sie in einen Speisewagen, da sie Proviant mit sich führte? Wer weiß auch, was die kochten? Und wohin mit der Reisetasche, die so wertvollen Inhalt barg?

Zur Linken tauchte jetzt eine hügelige Landschaft auf. Sie studierte die Namen der Rheinorte, die im Sommer sicher voller Leben waren von Ausflüglern zu Schiff und zu Fuß. Jetzt war es noch etwas früh im Jahr, aber es war ein freundlicher Tag.

In einiger Entfernung wurde sie nun von einem Gebirge rundkuppeliger Hügel begleitet. Dies sei die Eifel, hatte ihr ein Mitreisender erklärt, der an der nächsten Station ausstieg. Hatte nicht, überlegte Marie-Anne, sich kürzlich Christines ältester Sohn Emile dem Militär als Rekrut stellen müssen und erzählt, dass sein Ausbildungsort in der Eifel läge? Hier war das also! Ziemlich weit von zu Hause, stellte sie fest. Emile war sehr gern weggegangen. Die Grimmer'schen Männer hatten es ja wohl mit dem Soldatentum. Ihre Gedanken wanderten kurz zurück, wandten sich aber gleich wieder Marie-Barbe zu, die trotz allen Grolls ihre Mutter um Hilfe gerufen hatte. Sie versuchte sich Josephe vorzustellen, der sich sicherlich in einem fürchterlichen Zustand befinden musste. Hoffentlich kam sie rechtzeitig!

Der Zug ratterte jetzt über eine große Brücke. Tatsächlich hatte der Strom hier eine mächtige Breite. Da waren sie also jetzt in Köln. Es war bereits abendlich. Gott sei Dank wurden die Tage jetzt ja schon etwas länger, so dass sie wohl noch bei Tageslicht ankommen würde. Mit diesem Gedanken machte sie es sich wieder in ihrer Ecke bequem.

Auf Bahnsteig zwei des Duisburger Bahnhofs erwartete sie der ihr so verhasste Schwiegersohn. Dieser hatte sich jetzt schon mehrere Tage frei nehmen müssen. Am Morgen hatte er gemeinsam mit seiner Frau Josephe vom Hospital abgeholt. Er hatte in seiner Betäubung alles geduldig über sich ergehen lassen. Jetzt lag er in seinem eigenen Bett bei seiner Mutter zu Hause, die ein heimatliches Essen vorbereitet, um die Mutter gebührend zu begrüßen, während Adam den Fahrplan gewälzt hatte. Es musste ein angenommener Zug gewählt werden, mit dem die Großmutter vermutlich ankäme.

Diese konnte nicht anders, als beim Anblick von Adam zuzugeben, dass er doch wirklich ein gutaussehender Mann war, wenn er auch beim Gehen das linke Beim fast unmerklich etwas nachzog. Gekleidet hatte er sich ja schon immer ganz ausgezeichnet. Inzwischen hatte er etwas an Gewicht zugelegt und sein früher blond gewelltes Haar war jetzt schneeweiß, übrigens sehr interessant bei dem jugendlichen Gesicht.

Adam begrüßte seine Schwiegermutter höflich und völlig unbefangen, so, als hätten sie sich gerade vor einer Woche noch gesehen. Er nahm ihr das Gepäck ab, was ihm unverhältnismäßig schwer erschien und erkundigte sich, ob sie gut gereist sei.

Doch, sie habe eine Menge Eindrücke gesammelt, antwortete die alte Dame. Danach bestiegen sie eine elektrische Straßenbahn. Die Strecke war lang, sie passierten mehrere Brücken, einen weiteren Fluss und sonstige Gewässer. Dies sei die Ruhr, erklärte Adam kurz, nördlich und südlich davon die Häfen, ein immens großes Gebiet. Eine Anzahl Kräne zeigten an, dass immer noch und weiterhin gebaut wurde. Was das Produzieren von Stahl anbelangte, so sei die Stadt führend in Deutschland und die Ausdehnung der Hafenanlage weltweit die größte im Binnenlande. Marie-Anne erschien alles sehr rußig und wenig ansprechend, andererseits war es jedoch imponierend. Einmal wechselten sie die Bahn und als sie ankamen, war es dunkel.

Überrascht von der schön eingerichteten Wohnung der Familie Greiner in dem sehr schlichten Hause, begrüßte Marie-Anne ihre Tochter, die sie wegen dieser unglückseligen Angelegenheit nach so langer Trennung wiedersehen musste. Marie-Barbe begann entsprechend ihrer Gemütslage bitterlich zu weinen. Ihre Mutter, von je her sehr karg und zu stolz, um ihre Gefühle zu zeigen, hielt sie einen Augenblick in den Armen, wünschte dann, nachdem sie sich die Hände gewaschen hatte, unverzüglich ihren Enkel Josephe zu sehen.

Josephe döste vor sich hin, öffnete dann aber, als er die alte Frau an seinem Bett sprechen hörte, die Augen. Eine Spur von Erkennen war plötzlich in diesen Augen und ein gequältes Lächeln trat auf seine Lippen.

»Josephe«, sagte die alte Dame, die ihm fremd war und doch sehr vertraut. »Grandmère ist gekommen, um dir zu helfen. Vielleicht tut es jetzt weh, aber ich möchte dich auf die Seite drehen, um deinen Rücken zu betrachten.«

Vorsichtig wurde er jetzt von gleich mehreren Händen gefasst und gedreht, bis man seine Rückenseite besichtigen konnte. Marie-Anne tat es gründlich und sorgfältig, ließ ihn langsam zurückgleiten und sagte dann: »Ich werde dir heute Abend noch den ersten Verband anlegen, es ist schlimm, aber ich glaube, dass ich es in den Griff bekommen werde.«

»Wollen wir erst essen, Maman? Und sicher werdet Ihr ermüdet sein von der langen Reise?«

»Kein bisschen«, antwortete Maman, »habe unterwegs gelegentlich ein Nickerchen gemacht, essen, ja, das schon eher, bin ehrlich hungrig.«

Marie-Barbe trug Suppe, Spätzle und einen Braten auf, dazu Gemüse. Zum Nachtisch gab es ein Kompott, welches mit gezuckertem Eischnee verziert war.

In der östlichen Zimmerecke hatte der Gast ein Kruzifix entdeckt, welches als von Grossée stammend erkannt wurde.

Spätestens bei der Besichtigung des gut gefüllten Wäscheschrankes ihrer Tochter musste Frau Grimmer sich eingestehen, dass nichts, aber auch gar nichts in dieser Wohnung aus ihrem eigenen Hause stammte, welches wohlgefüllt und von einer einzigen Person bewohnt in Montigny stand. Sie hatte es testamentarisch ihrer Tochter Marguerite vermacht, obwohl diese eine komfortable Wohnung in Metz ihr Eigen nannte, allein mit Gotthilf, da das Ehepaar sich als völlig unfruchtbar erwiesen hatte. Sie wies nun Marie-Barbe an, weiche, verwaschene Bettücher herauszusuchen. Der Küchentisch sollte gut mit Seifenlauge abgeschrubbt werden. Inzwischen bezog sie ihr Zimmer, das gerade neu ausgestattete Töchterzimmer. Von dem hässlichen Ausblick nahm sie zunächst gar keine Notiz. Es interessierte sie in erster Linie, dass die zweite Tür direkt Josephes Zimmertür gegenüberlag. Sie öffnete sie sofort beide. Auf die anderen Kinder, die in ihren Betten in der Kammer bzw. im Schlafzimmer der Eltern ihren Platz hatten, warf sie einen Blick. Sie würde sie später eingehend betrachten, äußerte sie.

Jetzt ordnete sie die alte Wäsche auf dem Küchentisch und schnitt Stücke zurecht, die gerade einen Nacken und Rücken bedecken würden. Dann entnahm sie ihrer Reisetasche einige Gefäße, größere Gläser, eine Flasche und ein Säckchen, letzteres angefüllt mit getrockneten Kräutern. Sie ging äußerst sorgfältig vor, reinigte die Spatel noch einmal unter heißem Wasser, dann mit Alkohol aus der Flasche und begann, das ausgebreitete Stück Baumwolltuch mit dem Inhalt einer dieser Glastöpfe dick zu bestreichen. Josephe musste nun wieder auf die Seite gerollt werden.

»Halte ihn!«, befahl sie Adam.

Sie legte nun ein großes Stück Billroth-Batist ins Bett, darauf kam das salbenbestrichene Wäschestück, wonach der Kranke wiederum zurückgerollt wurde. Er lag mit seinem ganzen Rücken bis zum Kopf in der kühlen, schlüpfrigen Salbe, die seine Urgroßmutter einst nach einem alten Rezept zusammengestellt hatte. Die kühle Masse schien wohltuend zu sein, denn Josephe stieß einen tiefen, erleichterten Seufzer aus. Inzwischen dampfte und brodelte der Wasserkessel auf dem Herd. das Kräutersäckchen enthielt einen Teevorrat, der dem Kranken zur Beruhigung verhelfen sollte. Davon würde er mit Sicherheit schlafen, meinte Grand-mère, man könne daher auf größere Mengen Morphium verzichten, da es ja bekannter weise auf längere Sicht gefährlich wäre. Nach einer Weile, sie versuchte zuerst selbst das Getränk, verlangte sie nach einer Schnabeltasse. Es gab keine Schnabeltasse. »Eine Schnurrbarttasse tut es auch«, bemerkte sie mit einem Blick auf Adams stattlichen Schnurrbart, der ganz im Stile Kaiser Wilhelms sein Gesicht zierte. Die gewünschte Tasse war vorhanden, wurde mit Tee gefüllt und Josephe an die Lippen gesetzt. Der Kranke fühlte die Feuchtigkeit, trank gierig bis zum letzten Tropfen, um zum zweiten Mal einen erlösten Seufzer auszustoßen. Seine Mutter erinnerte sich nur zu gut an diesen Tee und dachte voller Wehmut an Grossée und eine bestimmte Nacht, als diese ihr einen solchen Tee zu trinken befohlen hatte.

Nachdem sie in dieser Weise ihren Enkel versorgt hatte, rückte Marie-Anne einen Stuhl an sein Bett und legte ihren Rosenkranz auf seinen Nachttisch.

Danach entnahm sie der scheinbar unerschöpflichen Reisetasche eine Flasche, erbat drei Gläschen und nahm ausruhend im Wohnzimmer Platz. Der Flascheninhalt entpuppte sich als echt lothringischer Mirabellenlikör aus dem Hause Blaise.

Beim Schlürfen dieses kostbaren Inhaltes erklärte die Mutter ihrer Tochter, dass ihre Salbenvorräte kaum dazu ausreichen würden, Josephes schwere Brandwunden auszuheilen. Sie möge also danach trachten, Hauskaninchen zu bekommen, diese schlachten zu lassen, damit man genügend Kaninchenfett gewinnen könne. Einen Kräutergarten hatten sie wohl nicht? Marie-Barbe dachte nach. Sie war flink und praktisch veranlagt. Da sie Hilfestellung bei der Behandlung ihres Jungen durch die Großmutter geleistet hatte, war sie jetzt voller Hoffnung und von ihren größten Qualen erlöst. Es gäbe an der Hauptstraße einen gut sortierten Kräuter- und Teeladen, fiel ihr ein, natürlich alles nur getrocknete Ware. Aber gleich morgen wolle sie ihre Mutter dorthin führen. Die Sache mit den Kaninchen dürfte vielleicht etwas schwieriger sein. Jedoch wohnten ja die Grohés am Rande einer Bergmannssiedlung. Dort gab es jede Menge Stallhasen, da die Bergleute fast alle hinter ihren Häusern Kaninchen züchteten, um zusätzliches Fleisch zu haben, aber auch, um manchmal welche zu verkaufen. Bei der Nennung des Namens Grohé horchte Marie-Anne auf. Um welche Familie Grohé es sich handelte, wollte sie wissen.

»Sie stammen aus Forbach«, sagte Adam, »einige wohnten jedoch auch in Montigny, der ganz alte Herr war früher dort Lehrer gewesen.«

»Die sind auch hier?« Marie-Anne fand das sehr aufregend und war außerordentlich verwundert.

»Sie wohnen auf der linken Rheinseite in Hochheide, unweit einer Zeche. Man fährt mit der Straßenbahn nach Ruhrort, von dort geht es zu Fuß über die Rheinbrücke, kostet fünf Pfennige Brückengeld, danach muss man eine ordentliche Strecke zu Fuß gehen.« Ja, man sehe sich öfter.

Vielleicht würde es Maman sogar freuen, die Grohés wiederzusehen. Marie-Anne dachte zurück an ferne Zeiten, als sie einen Lehrer Grohé in der Grundschule hatte. Er stammte aus Forbach und dies waren dann sicherlich seine Enkel.

Jetzt würde sie allerdings gerne zu Bett gehen, nach solch einem langen Tag. Sie verabschiedete sich, wünschte »Gute Nacht« und begab sich zu Josephs Bett, wo sie ihren Rosenkranz zur Hand nahm.

»Wünscht Ihr eine Kerze?«, fragte die Tochter.

Aber das müsse sie ablehnen, meinte sie, weil es dem Buben unnötig Sauerstoff wegnähme. Nachdem sie eine Rosenkranzlänge am Bette ihres Enkels verbracht hatte, legte sie sich im gegenüberliegenden Zimmer zur Ruhe nieder. Josephe war fest eingeschlafen.

Es dauerte eine ganze Woche, ehe es die ersten Anzeichen für Fortschritte in des Verbrannten Befinden gab. Man konnte ihm inzwischen flüssige Nahrung verabreichen, der Schlaftee, der ihn in einem gelinden Dämmerzustand hielt, tat sein übriges. Die beiden Frauen wiederholten indes täglich die Prozedur der Salbenbehandlung. Zwischendurch mussten die alten Baumwollstücke ausgekocht und gut gespült werden, damit keine Seifenreste die verbrannte Haut belasteten. Am Wochenende übernahm Adam die Assistenz und auch die anderen Kinder. Das arme, in der Schule misshandelte Margretle kam völlig zu kurz, da ihre Platzwunde im Vergleich eine Bagatelle war, um die sich niemand mehr kümmerte. Da war es ein Glück, wenn der Vater da war. Er kochte seinen Kindern Brei, der allerdings von sämtlichen Sprösslingen als Tapetenkleister bezeichnet wurde. Alle zusammen lachten. Selbst Josephe lachte mit. Sie liebten und verehrten ihren Papa sehr innig, schalt er sie doch ganz selten, sondern war statt dessen bestrebt, ihre kindlichen Vergehen durch erklärende Worte statt Strafen zu vergelten, wogegen die Mutter in ihrem sehr heftigen Temperament und höchstwahrscheinlich in immerwährender Angst um den sittlichen Anstand ihrer Nachkommen, besonders natürlich der Töchter, ein sehr strenges Regiment führte. Sie war groß im Verbieten und es kam auch vor, dass sie ihre Hände zu einem Schlag ausrutschen ließ.

An diesem Wochenende, an dem sie ihre Mutter zu der Familie Grohé geführt hatte, kam sie allerdings erfüllt nach Hause zurück. Die Damen schleppten drei Stallhasen in ihren Taschen heran. Das sichtbare Fett wurde von Marie-Anne fachgerecht entnommen, dann der ganz Hase gekocht und das Fett abgeschöpft. Schließlich wurde der erste Hase angebraten und kam als nahrhafte Fleischspeise auf den Mittagstisch. Der Zusatz von aromatischen Kräutern verhinderte es, dass es gar zu aufdringlich nach Hasenfleisch in der Küche roch, musste doch das notwendige Fett dem Tierkörper ohne Salz entlockt werden.

Grand -mère hatte also zu tun. Aber auch sonst erschien sie von allem sehr angetan und war mit geröteten Wangen von dem Ausflug nach Hochheide zurückgekehrt. Die lange Wanderung am linken Rheinufer entlang und das Wiedersehen mit alten Forbachern hatten ihr sichtlich gut getan. Es wurde darum auch das Verhältnis zu ihrer jüngsten Tochter, das ja einstmals sehr gestört war, zusehends besser, die Befangenheit wich. Auch zwischen ihr und Adam kam es zu keinerlei Anfeindungen. Sie musste vor sich selbst zugeben, dass er ein guter Ehemann und Vater war und auch bei seiner Behandlung von Josephe keinerlei Ausnahmen zu bemerken waren.

Die beiden Enkelinnen waren hübsche Mädchen, wobei Regina-Margretle die zartere und auch gehorsamere war. Sophie war kräftig und setzte sich durch. Klein Hermann war noch nicht zu beurteilen. Er wollte seine Milch und er wollte gehätschelt werden, ein Anspruch, dem die Eltern und Geschwister auch unaufgefordert nachkamen.

Mit größtem Erstaunen nahm Marie-Anne wahr, dass den lutherischen Schwiegersohn Adam eine Freundschaft mit dem katholischen Gemeindepfarrer verband. Auch schienen sie in einer Gesellschaft gemeinsam eine Vereinstätigkeit zu pflegen. Trotzdem schien Josephe evangelisch zu sein, denn es war ja häufig von der kürzlich stattgehabten Konfirmation die Rede. Sie ihrerseits hatte seinen Taufschein aus ihrer heimatlichen Kirche eigens in die Tasche gesteckt, der von ihrem Vetter, dem Curé Pierre Fédaux unterzeichnet war. Sie hatte es ganz automatisch getan, da das dringende Telegramm ihrer Tochter sie das Schlimmste befürchten ließ. Nun allerdings zeigte der Enkel deutliche Zeichen zur Besserung oder gar der Heilung. Er aß, schlief und ließ sich geduldig auf die ständig erneut hergerichteten Tücher mit der kühlen, weichen und duftenden Heilsalbe betten.

»Was haben Sie hier angewendet?«, erkundigte sich Dr. Lengenich, der regelmäßig nach Josephe sah. Marie-Barbe Greiner setzte zu einer Erklärung an:
»Die Salbe, das Rezept, stammt von meiner Großmutter. Schon eine Menge Brandwunden hat sie in früheren Zeiten damit geheilt. Meine Mutter, Madame Grimmer, versteht ebenfalls etwas von Heilkunde. Sie ist von Lothringen hergereist, weil ich sie gerufen habe. Das Krankenhaus hat ja meinem Josephe keine Chance mehr gegeben, wie Sie sich erinnern werden, Herr Rat.«
»Erstaunlich, erstaunlich!«, murmelte der Arzt. »Sie wollen mir sicher nicht verraten, wie diese Salbe heißt?«
Die alte Dame lächelte sehr fein. Leicht ironisch: »Ich glaube nicht«, eine kurze Antwort.
Dr. Lengenich nickte mit dem Kopf. »Ja, das denke ich mir wohl. Eine kolossale Mutter haben Sie da, Frau Greiner, alle

Achtung, da können Sie sich wirklich gratulieren. Und sie kommt von Metz dahergereist?«

Und dann entspann sich ein längeres Gespräch über Metz und Montigny. Mit einem Gläschen Mirabellenlikör bedacht, verabschiedete sich der Herr Rat und bat darum, Josephe im Krankenhaus vorzustellen zu dürfen, wenn er wieder ganz hergestellt sei. Nach gut drei Wochen war es soweit, dass der Kranke sich erheben konnte. Mit einem Wattepinsel voll Salbe wurde täglich der Rücken gepflegt. Alte, verwaschene Hemden empfahl Marie-Anne.

Inzwischen war es Mai und der Frühling hatte auch im rußigen Revier seinen Einzug gehalten, so gut und schön es eben möglich war. Josephe, noch schwach, wurde von seiner Großmutter jetzt spazieren geführt, jeden Tag etwas mehr. Er genoss es sichtlich, umgab sie ihn doch mit liebevoller Fürsorge. Sie war es auch, die ihn im Krankenhaus bei Dr. Lengenich und dessen jungen Kollegen vorstellte, wo er als wahres Wunder galt.

Adam empfahl seiner Schwiegermutter bei dieser Gelegenheit die in unmittelbarer Nähe des Hospitals gelegene Zisterzienser Kirche zu besichtigen, die im Volksmund kurz »Die Abtei« genannt wurde. Hier verweilte sie mit ihrem Enkel, dem sie Dank ihres Wissens zur Gesundheit verholfen hatte, längere Zeit in tiefem Gebet.

Danach zündete sie eine Kerze an und unterhielt sich angeregt mit einem umherwandernden Pater, der ihr die Geschichte des Klosters und des Gotteshauses gerne berichtete. Es hieß, dass es sich hier um das älteste Zisterzienserkloster Deutschlands handelte, welches inzwischen Mönche des Benediktinerordens innehatten. Unter anderem gehörte eine höhere Knabenschule dazu, die als vorzüglich galt. In der nächsten Zeit ging sie nun öfter mit Josephe in die Abteikirche, wo auch Pater Emandus wieder anzutreffen war. Josephe gefielen diese Besuche sehr. Auf dem Rückweg ging es jedes mal durch den Stadtpark, der zwar rußig, aber eben jetzt doch frühlingshaft war. Die Kirche selbst war nicht groß, hatte aber einige sehr schöne Bilder aufzuweisen. Nach der Kirche wurde jedes mal eine wunderbar duftende Konditorei aufgesucht, die herrliche Windbeutel anbot. Hier war Großmama nicht kleinlich, hatte doch der Junge wirklich viel aufzuholen.

Zu Hause wurde jetzt auch des öfteren von ihr das Thema der Heimreise angeschnitten. Vorher allerdings wolle sie die Familie mit einem richtigen Festessen bewirten.

Adam, der voller Dankbarkeit war, schlug ihr vor, sie bis Köln zu begleiten, wo er demnächst zu tun habe. Hier könne man die Fahrt unterbrechen, so dass sie den wunderschönen Kölner Dom besichtigen könne. Er selbst habe ihn erst kürzlich durch Pfarrer Kießling ausführlich erklärt bekommen. Marie-Barbe gab zu bedenken, dass sie zu einer Wallfahrt nach Kevelaer rüstete, wozu der katholische Frauenverein einlud. Ihre Mutter hatte ihr zugesagt, dass sie daran teilnehmen wolle.

»Nun«, meinte Adam, »eines muss das andere ja nicht ausschließen.«

Josephe hatte den Eintritt in die Handelsschule durch seinen Unfall versäumen müssen. Großmutter wagte die Frage, ob man ihn vielleicht in ihre Obhut geben wolle, er könne doch in Metz jede erdenkliche Schule besuchen. Außerdem gäbe es ja auch noch Marguerite und Gotthilf.

»Also, für einen Maurer kann er nicht mehr taugen«, gab Adam zu bedenken, wobei ihn ein undeutliches Gefühl befiel, das ihn warnte.

»Wenn Josephe älter ist und dann nach Metz zurückkehren möchte, kann er dies immer noch tun«, meinte er.

Der Abreisetag der Madame Grimmer rückte also näher. Es sollte der letzte gemeinsame Ausgang werden mit dem Enkel, der in ihrem Hause geboren worden war, dessen Mutter zwar verdammt wurde, der selbst aber in dem so kühlen Herzen der Großmutter einen Platz hatte. So empfahl sie ihrer Tochter, eine recht schöne Abendtafel herzurichten. Josephe wurde gebeten, seinen guten dunkelblauen Konfirmandenanzug anzuziehen mit weißem Hemd und Fliege. Sie, im schwarzen Taftkleid, dem Festgewand aller Damen und der feierlich herausgeputzte Enkel verließen das Haus. Schnurstracks fuhr sie mit ihm mit der Elektrischen bis hin zur Abteikirche, wo Pater Emandus sie bereits erwartete. Josephe wurde jetzt klar gemacht, dass er katholischer Christ sei, ein solcher durch die Taufe geworden wäre und nunmehr in die Gnade der ersten heiligen Kommunion gelangen würde.

Der unwissende Josephe staunte nicht wenig, wurde aber sehr einfach davon überzeugt, da seine Großmutter ja im Besitz der Dokumente war, des bei seiner Taufe in Montigny ausgestellten Taufscheins und was sie sonst noch in der Hand hatte. Das er ein natürliches Kind, sozusagen ein Kind der Liebe gewesen sei, das hörte er zum ersten Mal. Dieser Ausspruch, ihm in keiner Weise vertraut, machte ihm keine Gedanken, denn Denken war ohnehin nicht seine besondere Stärke.

Pater Emandus war sehr liebevoll, verlas lateinische Texte und reichte ihm die erste heilige Kommunion, nachdem er ihn gefragt hatte, ob er seine Sünden bereue. Er sagte tapfer: »Ja.« Und selbst Marie-Anne fragte sich im Stillen, welche Sünden der arme Kerl auf seinem Schmerzenslager wohl begangen haben mochte. Der Tag endete mit einem festlichen Abendessen mit den Eltern und Geschwistern. Dabei reichte Großmutter Grimmer stolz einen Kommunionsspruch herum, damit alle ihn lesen konnten. Eine große Überraschung!

Die Eltern Greiner studierten zunächst etwas konsterniert den schön gemalten Spruch, bis das Verständnis in ihren Augen aufblitzte. Plötzlich prusteten Adam und Marie-Barbe los, sie konnten das Lachen nicht mehr zurückhalten und die Kinder – glücklich über die fröhliche Stimmung bei Mama und Papa – lachten laut und herzlich mit. Unter diesem allgemeinen Gelächter brachte Adam schließlich hervor: »Josephle, du bist ein Wunder, du bist einmalig, du bist ein Mensch, der zweimal getauft, zur Konfirmation und zur Erstkommunion geführt wurde. Ich gratuliere dir!«

Danach hob er sein Glas, verbeugte sich vor seiner Schwiegermutter und sagte: »Madame, ich trinke auf Euer Wohl, Ihr habt ein zweites Wunder vollbracht und ich bin Euch zu immerwährendem Dank verpflichtet für das, was ihr an unserem Josephe getan habt.«

Die Geschichte dieses zweifachen Wunders, wobei die Genesung von einer unheilvollen und angeblich tödlichen Verbrennung sicher das größere war, wurde immer wieder aufs Neue erzählt und war für jedes Mitglied der Familie auch für die nachkommenden und durch die Bank evangelischen immer wieder ein Grund zu größter Fröhlichkeit. Josephe verzog als erwachsener Mann bei dieser Erzählung immer wieder sein gutmütiges Gesicht zu einem Grinsen.

Dabei war nichts, was Madame Grimmer krumm nehmen konnte und so ließ sie sich gerne von Adam bis Köln begleiten, wo der evangelische Arbeitnehmerbund seinen Sitz hatte. Sie hatte hier Gelegenheit, den ehrwürdigen und stolzen Dom kennen zu lernen, den Adam ihr mit großer Geduld und schönen Worten praktisch als Geschenk zu Füßen legte.

Also beglückt, ließ Marie-Anne sich in den Zug nach Metz setzen, wo Marguerite und Gotthilf sie abholen würden. Allein geblieben, konnte sie ihren Gedanken freien Lauf lassen. Wieder einmal wunderte sie sich, dass ihr ketzerischer Schwiegersohn mit einem katholischen Priester Freundschaft und gemeinsame Interessen teilte. »Wahrscheinlich sind die allesamt charakterlos«, dies war ihre Schlussfolgerung.

Damit entnahm sie ihrem Pompadour ein Andachtsbüchlein und begann darin zu lesen, indem sie lautlos ihre Lippen bewegte. Nebenbei dachte sie an ihren Enkel Josephe, dem sie nicht nur die Haut, sondern auch die Seele für die heilige Mutter Kirche gerettet hatte. Sie konnte also mit sich selbst zufrieden sein.

Besagter Enkel stand unterdessen mit Niklas, seinem Freund, plaudernd an der Straßenecke.

»Bist Du jetzt katholisch?«, fragte dieser gerade.

»Wieso?«, grinste Josephe.

»Ich hörte es von meiner Mutter, die es wiederum von deiner Mama erzählt bekommen hat, natürlich unter dem Siegel der Verschwiegenheit.«

Josephe machte mit dem rechten Zeigefinger eine bezeichnende Bewegung zur Stirn.

»Bin doch längst konfirmiert und gleich danach in den CVJM eingetreten. Die Grand-mère hatte nun mal diese Idee«, erläuterte er. »Was sollte ich der alten Frau Ärger machen, da sie mir doch tatsächlich das Leben gerettet hat«, fügte er hinzu, dabei leckte er sich kurz die Lippen und gedachte der zahlreichen Windbeutel und wunderschönen Kaffeehäuser. Ja, die Genesungszeit war schon eine recht erfreuliche Sache gewesen. Allerdings hatte er die Aufnahmeprüfung für die Handelsschule versäumt. Statt dessen würde er nun eine Lehre in der Lohn-Rechenabteilung im Werk antreten, was ihm sicher mehr Spaß machen würde als die Schule. Der leitende Ingenieur, Dr. Fritz, hatte ihm diesen Platz vermittelt, wie der Vater ihm gestern mitgeteilt hatte.

21. Kapitel

Der Vater stieg gerade in den frühen Abendzug nach Duisburg, in dem er sich mit Pfarrer Kießling verabredet hatte. Dieser war, wie auch er, des öfteren in Köln mit amtlichen Tätigkeiten befasst.

In ihrem Abteil waren sie zunächst allein. Es stieg im letzten Augenblick noch ein junger Mann in Soldatenuniform zu. Adam blickte kurz von seiner Kladde auf, in der er noch kritzelte, sich einige Notizen machte, irgendwelche Sitzungsergebnisse. Es wurde ziemlich unleserlich, da der Zug sich in Bewegung gesetzt hatte. Adam hielt mit einer Hand das Heft auf den Knien fest. Der junge Soldat befand sich bereits mit Pfarrer Kießling im Gespräch, der als Vorsitzender des Vaterländischen Männervereins für alles Militärische ein Interesse zeigte. Ja, es wäre eine kleine Garnison im Eiffelgebirge, hörte Adam ihn gerade antworten, aber Köln sei ja nicht weit, eine unerhört lebhafte Stadt, nein, jetzt sei er in eine etwas weiter entfernt gelegene unterwegs, da er ein langes Wochenende habe. Die Zielstadt sei Hamborn, dort habe er die Absicht, eine Tante zu besuchen, Onkel, Vettern und Kusinen, die in dieser Stadt lebten. Adam, der einen unverkennbaren Zungenschlag vernahm, blickte von seiner Schreiberei auf.

»Wohl ein Lothringer Bub?« Die Frage wurde nur leicht eingeworfen. Was fiel ihm eigentlich an diesem jungen Mann auf? Die Sprache, ja. Das Gesicht? Eben, das Gesicht war es, das ihm unwahrscheinlich bekannt vorkam.

»Darf ich fragen, wie Sie heißen?« sagte er höflich.

»Emile Hetzel« antwortete der Gefragte mit der Betonung auf »mile«.

»Mein Name ist Greiner«, antwortete Adam mit einem Lächeln. »Bist wohl der Älteste von Christine Grimmer aus Montigny?«

»Onkel Adam«, kam es fragend.

»Ja, dass ich das nicht gleich gesehen habe, du warst in Köln?«

»Habe um Mittag deine Großmutter Marie-Anne in den Zug nach Metz gesetzt, die gute sechs Wochen bei uns war und Josephe von seinen Verbrennungen kuriert hat.«

»Eben diesen Josephe will ich besuchen, der mein Cousin ist. Meine Mutter hat mir ausführlich berichtet. Ein wahres Wunder muss es gewesen sein, diese Heilung, wie ich hörte.«

»Wie lange hast du denn Zeit?« erkundigte sich Adam. »Bis Montag zum Wecken«, gibt Emile Auskunft.

Zunächst mit einigem Erstaunen, dann mit großem Vergnügen hatte Pfarrer Kießling diesen Austausch verfolgt. Bei Greiners wurden die Betten wohl nicht kalt, dachte er amüsiert. So ein Treffen! Es gab doch immer wieder etwas zum Erstaunen. Durch das nachfolgende lebhafte Gespräch verging die Reisezeit wie im Fluge.

Marie-Barbe, bekanntlich äußerst streng mit ihren Kindern, kam im Laufe des späten Nachmittags an diesem Samstag mit einem Korb am Arm am Eingang ihrer Straße an, wo sie Josephe mit seinem Freund Niklas Ostermann an der Ecke stehen sah.

»Sogleich gehst du nach Hause!«, fuhr sie ihn an. »Du weißt, dass ich es nicht dulde, dass meine Kinder an der Straßenecke stehen. Außerdem sind die Kleinen allein!«

Josephe fand diese Kritik und den herben Ton, besonders in Gegenwart von anderen, absolut unangebracht. Aber er war geduldig und gutmütig, so nahm er der Mutter den Korb ab und ging, wenn auch unwirschen Gesichtes, mit ihr weiter.

Zu Hause wartete eine neue Überraschung auf sie. In der Küche vor dem geöffneten Küchenschrank hockte Klein-Sophie, neben ihr im Schaukelstühlchen der jüngste Bruder, spuckend und prustend, denn Sophie war damit beschäftigt, ihm mit einem Löffel gemischte Lebensmittel einzufüttern, die in wildem Durcheinander vor dem Schrank verstreut lagen: Erbsen, Reis, Würfelzucker, Gerste ...

Sophie erklärte in kindlicher Sprache ihrer Mutter, die die Hände über dem Kopf zusammenschlug, dass der kleine Bruder nicht essen wollte,»Haferflocken schmecken nicht«, fügte sie hinzu. Marie-Barbe nahm mit grimmigem Gesicht einen Bogen Papier und fegte mit den Händen die verstreut liegenden Nahrungsmittel hinein, danach bereitete sie das Papier auf dem Tisch aus. Sie legte Hermann ins Bett und befahl ihren anderen Kindern, sich um den Tisch zu gruppieren und die einzelnen Körner aus dem Gemisch herauszusuchen. Jedes bekam ein Schälchen. Josephe hatte die Erbsen zu besorgen, Margrethle den Reis, eine mühsame Sache. Sie selbst bemächtigte sich der Gerste und des Zuckers.

Sophie, die Urheberin dieser Aktion, nahm sich eine Fußbank, stelle sich darauf ans Fenster und betrachtete die Straße. Die Mutter reagierte nicht, sie hatte ein verkniffenes Gesicht. Heute schien ja alles schief zu laufen, dachte Josephe. Margrethle war rigoros von ihrem Puppenspiel weggerissen worden.

Mit süßer Stimme verkündete Sophie nach einiger Zeit:»Papa kommt nach Hause. Es kommt noch jemand mit, ein Mann von der Polizei!«

Polizei, misstrauisch blickte die Mutter auf ihren Sohn Josephe. Sollte der vielleicht etwas angestellt haben? Aber nein, der war ja noch gar nicht richtig gesund, war ihr zweiter Gedanke. Gerade hatte sie ein Häufchen Bohnenkaffee beisammen, welches sie zu retten versuchte. Margrethle, eigentlich ganz unschuldig, senkte den Kopf. Hätte ihr die Mutter doch zu verstehen gegeben, dass sie vielleicht etwas besser auf die Kleinen hätte aufpassen können. Margrethle war gerade etwas mehr als 10 Jahre alt und hatte lediglich ihrer Puppe ein anderes Kleid anziehen wollen, ein Sommerkleid, weil es ja jetzt wärmer wurde.

Draußen ging die Eingangstür. Tatsächlich unterhielt sich Papa mit einem anderen Herrn. Nun tat er einen Blick in die Küche, wo seine Familie um den Tisch versammelt saß und sich einer merkwürdigen Beschäftigung hingab. Marie-Barbe stand sofort auf. Liebevoll begrüßte sie ihren Mann. Das tat sie immer, selbst wenn sie schlechter Laune war. Eine weitere Person betrat die Küche. Tatsächlich trug sie eine Uniform. Aber von der Polizei war die nicht.

Ein plötzliches Erkennen weitere ihre Augen.

»Nein!«, rief sie, »das ist ja Emile, wo kommt er denn so plötzlich her zu uns?«

»Ma Tante« so Emile, »ich komme euch besuchen, wie findet ihr das?« Seiner Tante Marie-Barbe liefen jetzt die Tränen die Wangen herunter.

»Emile, mein Bub!«, schluchzt sie, »was für eine Freude!« Die Kinder blickten verständnislos auf die Szene. Nur Klein-Sophie fragte keck: »Bist du von der Polizei?« Alle lachten. Die Kinder, die kleineren Vettern und Kusinen wurden einander vorgestellt.

»Was macht ihr denn hier am Tisch?«, bemerkte Adam zwischendurch. »Ist das ein neues Spiel?«

Marie-Barbe schickte sich an, wortreich zu erklären, was am Tisch gemacht wurde, jeder hätte ein Schälchen mit den verschiedensten Lebensmitteln zu füllen. Joseph wies eine geringe Menge Erbsen auf. Margrethle hatte gottlob die zartesten Finger und Reis und Kaffee zusammengebracht.

Mit Kopfschütteln betrachtete Adam sich diese Bescherung.

»Wie wär es«, schlug er vor, »wenn wir mit dem Rest die Vögel füttern würden?«

»Das ist ja unmöglich!« Mit diesen Worten öffnete er das Fenster und kippte den Inhalt des Papierbogens mit Schwung über die Fensterbank hinaus in die Luft. Marie-Barbe wollte aufbegehren.

»Sparsamkeit in Ehren«, sagte Adam kurz, »aber das scheint mir doch eine Sisyphusarbeit zu sein.«

Die ganze Familie begab sich nun ins Wohnzimmer, da sich eine lebhafte und laute Unterhaltung anbahnte.

»Wieso kommt Emile nach Hamborn? Wie war die Reise? Was macht die Mutter, ihre Schwester Christine?«

»Sie hilft immer noch kleinen Kindern zur Welt« wusste Emile zu berichten. Der Vater trank immer noch, weshalb auch er, Emile, nicht die Absicht hatte, nach Hause zurückzukehren. Er würde seine Militärzeit abdienen in dem Eifelstädtchen und dann eine Bergschule besuchen, für die er sich qualifiziert habe. Wahrscheinlich würde er Clausthal-Zellerfeld wählen, falls er dort aufgenommen würde. Deutschland sei ja schließlich mehr als nur Lothringen. Köln sei eine sehr lebendige Stadt, schön auch, und erst die Mädel!

Seine Tante überlegte inzwischen, was sie zu einem schnellen Abendessen noch zu Hause hatte, nachdem Sophie dafür gesorgt hatte, dass ihre Vorräte stark dezimiert worden waren – sie würde die Sonntagssuppe vorwegnehmen und den Schinken, den sie für den Sonntagabend gedacht hatte. Auch eine Quiche wäre notfalls schnell bereitet, danach Kompott. Adam schickte die größeren Kinder nach einem Krug Bier als Abendtrunk. Emile fühlte sich sehr zu Hause und auch das frischbezogene Bett, das seine Großmutter gerade verlassen hatte, fand er später sehr angenehm, kein Strohsack in einer Kaserne!

Er nahm am Sonntag den letzten Zug. Vielleicht konnte er im Abteil etwas Schlaf bekommen. Im übrigen war er ja jung genug, um den nächsten Tag auch ohne ausgedehnte Nachtruhe zu überstehen. Wenn erst das morgendliche Wecken einmal geschafft war, konnte nichts mehr passieren.

Zum wiederholten Male ließ Marie-Barbe sich erzählen, wie es zu dieser wunderbaren Begegnung zwischen Adam und ihrem Neffen in der Eisenbahn gekommen war. Auch Pfarrer Kießling hatte sich echt gefreut. Ihm war es zu verdanken gewesen, dass die frühe Abreisestunde in Köln gewählt worden war, denn am Samstag war er im allgemeinen gern früh zu Hause und heute ganz besonders, denn auch er erwartete Besuch, allerdings einen angekündigten.

Adam hörte gerade mit halbem Ohr, wie karg und arm das Eifelland sei, in gewisser Hinsicht allerdings äußerst interessant, ein reines Vulkangebirge. Soweit er überhaupt Zeit hatte, fuhr Emile zu erzählen fort, beschäftigte er sich mit dessen Beschaffenheit und sei gerade damit befasst, eine Darstellung der Maare und deren Entstehung zu lesen.

Später würde er dann wahrscheinlich nebenberuflich eine Aufgabe als Fremdenführer für interessierte Touristen übernehmen, wenn er die Bergschule absolviert hätte und eine Stellung in der in der Nähe gelegenen Bleimine erhalten würde.

»So willst du tatsächlich nicht nach Hause zurückkehren?«, warf Adam in das Gespräch ein.

»Nein«, kam es von ihm zurück. Es klang sehr bestimmt. Zu Hause gab es ständig Streit mit dem trunksüchtigen Vater. Inzwischen habe er bereits den halben Anbau von Großmutters Haus auseinandergenommen, um das Holz und andere Materialien zu verkaufen, da die Mutter sich weigerte, weiterhin seine Trinkschulden zu bezahlen. Großmutter wohnte im alten Haus im Parterre. Oben, in der ehemaligen Wohnung von Grossée habe sie lediglich noch ihre Salbenküche, auch Schreiben tat sie viel.

»Was schreibt sie denn?«, fragte ihre Tochter.

»Sie schreibt an einem Heilbuch, glaube ich, außerdem, und das ist natürlich seltsam, schreibt sie immer Briefe an ihren Sohn Claude, unseren Onkel, der an Gelbfieber gestorben ist und in Marseille begraben liegt.«

»Aber der ist doch längst nicht mehr am Leben!« Marie-Barbe schüttelt den Kopf. Josephe macht seine bekannte Bewegung mit dem Zeigefinger zur Stirn.

»Lass das!«, rügt Adam kurz, »das ist eine Krankheit, die nennt man …« Und dann spricht er ein längeres lateinisches, jedenfalls fremdsprachliches Wort, das niemand vorher gehört hat.

»Es ist der Wunsch«, versucht Adam zu erklären, »einfach so zu tun, als weilte der Tote immer noch unter uns, man möchte sein Sterben nicht wahrhaben.«

»Äußerst merkwürdig«, meinte Emile und dann plätschert seine Erzählung weiter so dahin. Ein sehr nettes Mädchen habe er beim Tanzen kennen gelernt, noch jung, Katharina Weißgerber, Schülerin einer Haushaltungsschule. Seine Einheit sei von der Leiterin der Haushaltungsschule zu einem Tanzabend eingeladen worden, ganz seriös natürlich unter ihrer strengen Aufsicht. Korrekt, ja wirklich, echt vornehm.

Die allzeit scharfsichtige und hellhörige Tante wird jetzt aufmerksam. Aber Emile, der vielleicht plötzlich das Gefühl bekommt, dass er in seinem Bericht zu weit gehen könne, bricht das Gespräch ab. Die Unterhaltung wendet sich jetzt Pfarrer Kießling zu.

Er habe einen Wochenendbesuch, wusste Marie-Barbe zu berichten, ein kleines Mädchen, so etwa im Alter wie Margrethle, eine Nichte, heiße es. Sich abwendend wispert sie ihrem Mann ins Ohr: »Kannst du dir vorstellen, dass ein katholischer Priester ein Kind hat?« Adam, sehr wohl im Stande, sich einen Priester mit Kind vorzustellen, antwortete scharf und ungehalten: »Wer erzählt solche Geschichten?« Sie wisse es von Frau Ostermann, im Frauenverein wäre darüber gesprochen worden.

»Dacht' ich 's mir doch, eine schöne Beschäftigung habt ihr da im Frauenverein. Halte dich zurück, solche Behauptungen nachzuplappern!«, beschied er seine Frau.

Sie jedoch wollte nicht schweigen und begann aufs Neue mit ihren Vermutungen und der Frage, was er von einem Priester halten würde, der Vater wäre. Adam, nun endgültig erbost, antwortete: »Und wenn es so wäre, so ist mir ein Priester, der Vater ist, immer noch lieber, als einer, der seine eigenen Verwandten von der Kirche verdammen lässt.«

Marie-Barbe, da sie diese Sensation nicht auskosten konnte, gab jetzt trotzig zurück: »Sollte Hermann erst konfirmiert sein, werde ich alles tun, um in den Schoß der Mutter Kirche zurückzukehren.«

»Ja, ist gut, Bärbel, tu das!«, antwortete Adam gelassen und drehte sich auf die Seite, da er sich gerade zu Bett begeben hatte. »Lass uns jetzt schlafen, der Tag war anstrengend.«

22. Kapitel

Pfingsten gab es alljährlich im benachbarten Stadtteil, dem nördlichsten der Stadt Duisburg, ein großes Kinderfest. Als Gäste wurden jedes mal die Kinder eines kirchlichen Waisenhauses am Niederrhein erwartet, dessen Mitglieder je nach Platz und Vermögen ein oder zwei Kinder in ihre Häuser aufnahmen. In einem schönen, gut erhaltenen Grundbesitz fanden für Gäste und Gastgeber Spiel und Unterhaltung statt. Es gab Eierlaufen, Sackhüpfen, Topfschlagen. Höhepunkt war das Abschlagen von Stücken einer riesigen Brezel mit verbundenen Augen. Die Brezel war im unteren Baumgeäst einer der zahlreichen Linden oder eines andere Laubbaumes aufgehängt.

Adam bedauerte, dass sie im benachbarten Hamborn keine Kinder einladen konnten. Aber an Pfingsten wanderte die Familie, die Mädchen in weißen Kleidern, Klein-Hermann im Kinderwagen, in den Stadtteil Beck und gesellte sich zu den vielen, die ebenfalls mit ihren Kindern und Gästen in dem alten Lehnhof erschienen. Der Wettergott meine es gut, die Sonne schien. Nach dem Spiel gab es für die Kleinen Kuchen und Kakao und manches weiße Kleidchen erschien bald braungemustert. Die Großen ergötzten sich an anderen Getränken. Ab 17.00 Uhr, Tanzteezeit, öffnete das im alten Gutshaus untergebrachte zünftige Restaurant die Tanzfläche. Die einheimische Jugend begann das Tanzbein zu schwingen.

Emile war auch wieder dabei. Er war überaus glücklich, dass seine Garnison sich so nahe bei der Tante befand. Dabei erzählte er wieder von der hübschen Katharina, die er kennen gelernt hatte. Adam, hellhöriger geworden, regte an, Katharina doch einmal mitzubringen, wenn er sie doch so gerne sähe. Emile wurde dann allerdings merklich stiller, er reagierte etwas nervös, indem er eine weitschweifige Erklärung hervorbrachte.

Greiners rüsteten nun mit ihren Kindern zum Heimgehen, Marie-Barbe mit leicht traurigem Blick auf die gut gefüllte Tanzfläche, wo sich junge und auch mittelalterliche Paare fröhlich und beschwingt nach der Musik bewegten. Emile schwankte, ob er bleiben sollte, entschloss sich aber schließlich zur Heimkehr mit der Familie. Er hatte etwas auf dem Herzen und wartete auf die Gelegenheit, dieses Problem mit Onkel Adam zu besprechen. Allerdings wünschte er dazu mit dem Onkel allein zu sein. Seine Tante Marie-Barbe begann jedoch auf dem Heimweg, sehr zum Ärger ihres Mannes, wieder von Pfarrer Kießlings Besuch zu reden.

Frau Ostermann wusste im Frauenverein mit Sicherheit zu berichten, dass die angebliche Nichte nicht die Nichte sein konnte. Das Mädchen kam aus dem westfälischen Paderborn, wo es bei einer Schwester oder Schwägerin des Geistlichen lebte. Frau Ostermann hatte dies anlässlich einer Wallfahrt nach Paderborn aus erster Hand erfahren. Emile hörte aufmerksam zu.

Adam jedoch blieb plötzlich stehen, stampfte heftig mit dem Fuß auf und rief:»Jetzt bist du aber endlich still davon, Bärbel, ich kann dieses Geschwätz nicht mehr hören und ich dulde es auch nicht länger.«

Marie-Barbe musste sich fügen, da der sonst so heitere Tag einen schlechten Abschluss genommen hätte. Josephe trottete ohnehin mit mürrischem Gesicht hinter den anderen her. Das alberne Geschwätz über den Pfarrer und seine Nichte langweilte ihn tödlich.

Emile musste am Pfingstmontag abreisen. Zu dem ersehnten Gespräch mit Onkel Adam kam es bei diesem Besuch nicht mehr. Schade, denn er hielt seinen Onkel für den vernünftigsten Mann der Welt. Seufzend bestieg er die Straßenbahn, die zum Hauptbahnhof führte. In der Bahn traf er Pfarrer Kießling mit dem Kinde Ursula.

Den Pfarrer kannte er nun schon recht gut, das Mädchen Ursula wurde ihm vorgestellt. Sie nannte den Pfarrer»Onkel Theo«, der sie zum Zug nach Paderborn brachte, wo man sie abholen würde.

»Leider fängt übermorgen die Schule wieder an«, zwitscherte

sie bedauernd. Pfarrer Kießling wandte sich zwischendurch an Emile, da er sich ja für alles Militärische interessierte. »Wollen Sie für immer bei den Soldaten bleiben?«, fragte er gerade. Emil erläuterte ruhig und kurz seine Pläne mit der Bergschule. Gerade wollte er freimütig berichten, dass er eine Stellung in der Bleimine zu bekommen hoffte, die im etwas entfernten Mechernich einen Hauptarbeitsplatz in der wenig industrialisierten Eifel darstellte, aber dann hätte er von Katharina und deren Vater sprechen müssen und dabei fielen ihm sofort seine Probleme wieder ein, weshalb er das Gespräch etwas abrupt abbrach. Er schaute in das intelligente und gütige Gesicht des Geistlichen und einen Augenblick fühlte er sich versucht, diesem Mann sein Herz auszuschütten. Womöglich wäre er ja sogar selber Vater? Er betrachtete das Mädchen Ursula. Sicher, beide hatten blaue Augen und waren blondhaarig, hellhäutige Typen. Aber was besagte das schon in einem Land, in dem es zahlreiche blonde und blauäugige Menschen gab. Er nutzte den Augenblick nicht und bald war man am Hauptbahnhof angelangt, wo man sich trennen würde.

Emile erreichte seinen Bestimmungsort in der Nacht und hatte noch ein gutes Stück bis zu seiner Kaserne zu gehen. Also marschierte er los. Beim Wecken hatte er das Gefühl, kaum geschlafen zu haben.

Er war müde und tat seinen Dienst routinemäßig. Katharina spukte ihm im Kopf herum. Wie sollte er es ihr nur erklären? Sie war ja noch so jung. Nach der Schule wollte sie ein praktisches Haushaltsjahr absolvieren und dann weitersehen. Er dagegen hatte sich vorgenommen, im Herbst, wenn seine offizielle Dienstzeit zu Ende war, vielleicht nach dem Manöverball, ganz offiziell um sie anzuhalten, ehe ein anderer ihm zuvor kam. Diese Sorge schien es bei Männern öfter zu geben.

Sein Kamerad und Freund, Fritz Neumann aus Rheine, neckte ihn am Abend mit seinem nächtlichen Ausbleiben und forderte ihn auf, doch noch ein Bier mit ihm zu trinken. Emile wollte sich mit Müdigkeit entschuldigen.

»Mag sein, dass du müde bist« meinte Fritz, »aber ich habe den Eindruck, dass du vielleicht mal reden müsstest, oder?«

»Worüber?«, murmelte Emile.

»Soll ich wissen, worüber?«, so Fritz, »aber fest steht doch, dass es da etwas gibt, was dich belastet, etwas stimmt doch nicht bei dir.«

Wenn er´s schon merkt, könnte ich´s ihm ja gleich erzählen, schoss es Emile durch den Sinn. Schließlich war Fritz gescheit und vernünftig und trotz seiner Jugend bereits Feldwebelleutnant.

So begann er also, nachdem sie das Bier vor sich stehen hatten: »Erinnerst du dich an den ausgelassenen Abend in Köln, als wir mit den leichtsinnigen Mädchen gezecht haben?«

Fritz lacht: »Freilich erinnere ich mich, war ja ein fürchterliches Besäufnis.«

Emile konnte nun leider Fritzens breites Grinsen nicht teilen. Bedrückt fuhr er fort: »Also die eine, diese Lisette, kommt doch zu mir, wartet am Abend am Kasernentor, um mir zu sagen, dass sie ein Kind von mir bekommt, sie sei jetzt im zweiten Monat schwanger.«

»Wie das?« Fritz fragt es doch höchst erstaunt. »Waren wir denn mit denen so intim?«

»Ich weiß nicht«, erklärt Emile. »Ich weiß nur, dass ich mit ihr in einem Raum war, sie war völlig verrückt nach mir. Aber ich war so betrunken, dass ich einschlief. Ich war auf jeden Fall viel zu betrunken, als das irgendetwas gegangen wäre, das ist eine reine Erfindung.«

»Und was willst du jetzt machen?«, kam die Frage.

»Ich kann gar nichts machen, weil sie sagt, dass sie es beschwören würde. Und dabei wollte ich Katharina im Herbst offiziell zu meiner Verlobten machen. Dachte es mir so entzückend, es beim Manöverball bekannt zu geben. Und nun? Was soll ich ihr denn nur erklären, einem völlig unschuldigen Mädchen, jung, artig, eine Haushaltsschülerin?« Der Freund saß einen Augenblick schweigend da.

»Würdest du dir nicht am besten einen Rechtsanwalt nehmen?«

»Ein Rechtsanwalt kostet Geld, jedenfalls mehr als ich habe«, kam Emiles seufzende Antwort, »dann kann ich die Bergschule in den Mond schreiben.«

»Was hast du, Emile?«, fragte ihn beim nächsten Wiedersehen Katharina, seine Angebetete. »Ach nichts, es ist nichts, nein!«»Hm«, kam es von ihrer Seite, »mir kommt es aber so vor, als ob dich etwas bedrückt.« Mit nachdenklichem Gesicht betrachtete sie ihn abschätzend. »Bist doch sonst immer fröhlicher Stimmung und nicht unterzukriegen. Das ist es ja gerade, was ich an dir so liebe. du kannst es mir ruhig anvertrauen, vielleicht könnte ich dir ja helfen. Ist es wegen der Bergschule? Also, sprich es dir von der Seele.«

»Jetzt nicht«, sagt Emile, »es ist schon zu spät und wir müssen uns verabschieden.«

»Gut«, antwortet Katharina, »denk´ darüber nach, du wirst sehen, dass es für alles einen Ausweg gibt, auf mich kannst du dich ja verlassen.«

Wieder hatte er sich vor der Aussprache gedrückt, indem er sie auf das nächste Wiedersehen verschob. Schon trug er sich mit dem Gedanken, auf sein Mädchen ganz zu verzichten. Zum Glück war er ja mit seinem Wunsche, die Verlobung offiziell zu verkünden, noch nicht herausgerückt. Wie aber sollte er ihr erklären, dass er sie einfach nicht mehr liebte. Das stimmte ja auch gar nicht, da er sie von Tag zu Tag mehr ins Herz geschlossen hatte. Außerdem waren ja dann auch noch ihre Eltern.

Katharina kam auf den klugen Gedanken, seinen Freund Friedrich zu befragen. Friedrich räumte ein, dass Emile einen geheimen Gram mit sich herumtrug. Sprechen konnte er allerdings nicht darüber, da er dies als eine Art Treuebruch seinem Freund gegenüber empfunden hätte. Gott, war die unbefangen!

Beim nächsten Tanzabend, Emile war weiterhin schweigsam, forderte sie ihn kurz entschlossen auf, mit der Sache herauszurücken.

»Wenn es eine andere gibt, bitte ich dich, es mir zu sagen, ja, ich verlange es«, sagte sie mutig. Emile fing einen Blick von Friedrich auf. Es war unverkennbar, was dieser Blick bedeutete.

»Gehen wir ein Stück spazieren«, schlug er deshalb vor, »hier ist es ohnehin sehr heiß.«

Draußen dagegen war es eher kalt. Katharina fröstelte und er legte behutsam seinen Arm um ihre Schultern. Der Anfang war schwer, aber nach den ersten zögernden Worten sprach es sich leichter.

»Du wirst es bestimmt nicht verstehen«, begann er, »denn dazu müsstest du ein Mann sein.« Und so kam die ganze Geschichte ihrer nächtlichen Kneiptour in Köln mit den nicht zu erwartenden Folgen heraus.

»Wenn du mich nun nicht mehr magst, Katharina, so werde ich dich freigeben.« Mit diesen Worten beendete er sein Geständnis, das eigentlich kein Geständnis war, denn er war sich bei dieser Lisette keiner Schuld bewusst, höchstens, dass er volltrunken gewesen war an diesem Abend.

»Glaubst du mir Katharina?«, fragte er leise.

Katharina dachte einen Augenblick nach, zwar wusste sie noch nicht genau, wie Männer waren, aber mit Sicherheit wusste sie, dass sie anders waren als Frauen, sie glaubte das zu wissen.

Tief seufzend fragte sie:»Emile, willst du diese Frau heiraten?«

»Nein« antwortete er kurz, »niemals, denn sie ist eine Lügnerin.«

Katharina geht eine Weile schweigend neben Emile einher. Schließlich erklärt sie schlicht:»Du kannst ja jederzeit bei Vater anfangen, ob mit oder ohne Bergschule. Außerdem läuft diese dir ja nicht davon, wir sind ja beide noch jung, so dass du auch später noch mit dem Studium anfangen kannst. Ich werde mit Sicherheit eine Stelle finden und etwas mitverdienen, so kämen wir auch gut voran.«

Tatsächlich hatte die Schulleiterin für sie schon einen Platz in Köln im Freien Damenstift fest in der Tasche. Dort sollte sie für die gesamte Wäscheabteilung zuständig sein.

»Wenn du es so siehst, meine kleine Katherin, könnten wir es natürlich wagen«, überlegte Emile, »vielleicht mit etwas weniger Aufwand, keine große Verlobung, einfach engster Familienkreis. Aber Onkel Adam und Tante Marie-Barbe möchte ich schon dazu bitten.« Sie blieben beide stehen und küssten sich sehr innig. Am nächsten freien Wochenende fuhren sie zusammen nach Hamborn.

23. Kapitel

Der Manöverball war vorüber, eine wunderbare durchtanzte Nacht. Als nächstes teilte Emile seiner Verlobten mit, dass er sich zu einer vorerst längeren Militärzeit entschlossen habe. Seine Chancen seien gut und vielleicht waren auch die Möglichkeiten für den später geplanten Schulbesuch dadurch sicherer. Er blieb in der Eifel, wo er in seiner karg bemessenen freien Zeit die Geologie dieses Gebirges, das es ihm nun einmal angetan hatte, eifrig studieren würde, in Gedanken an ein späteres Fremdenführer-Amt. An ihren freien Tagen könnten sie sich dann zu Hause oder in Köln leicht treffen.

Ein Jahr später war Hochzeit. Alles schien glücklich und frohgemut, waren sie doch vom ersten Blick ineinander verliebt gewesen und nun ein Paar, ein Herz und eine Seele. Emile jedoch hatte Anwandlungen von leiser Angst, war doch Katharina ein streng erzogenes, katholisches Mädchen, hoffentlich konnte er zart genug mit ihr umgehen! Seine Gedanken waren bereits bei der bevorstehenden Nacht.

Die Familie Greiner aus Hamborn war mit den zwei größeren Kindern angereist gekommen. Josephe war gerade in die Tanzstunde eingetreten und machte seine ersten Versuche etwas ungelenk auf der Tanzfläche. Regina Margareth hüpfte mit anderen Kindern am Rande in einem besseren Takt.
»Papa, bitte tanz mit mir!« Adam drehte sich lachend mit ihr im Kreise. Er hatte etwas übrig für Hochzeiten und glückliche junge Paare. Und natürlich für sein Reginerl.

Emile wurde kurz danach nach Köln versetzt, Katharina sollte ihm bald folgen, da der Feldwebel Hetzel nun in der Kaserne wohnen würde.

Das Glück schien nicht von langer Dauer zu sein. Kurze Zeit nach der Hochzeit – alle waren in der Eifel zum Sonntagsessen versammelt – erschien eine Frau mit einem kleinen Jungen. Dieser konnte kaum laufen und tappte mühsam auf krummen Beinchen einher. Emile erstarrte, als er Lisette erkannte. Was wollte die denn hier bei Weißgerbers?

Sie wollte nichts anderes, als Emile gründlich zu beschimpfen, sie wollte entweder Geld oder aber ein Gerichtsverfahren würde ihm drohen. Zunächst entstand eine große Diskussion, die auch der besonnene Herr Weißgerber nicht zu umsteuern vermochte. Mutter Weißgerber fand, dass der kleine Junge, der Daniel genannt wurde, ein süßes Kind sei, wenn es auch nicht von Emile stammte, wie dieser beteuert hatte. Lisette, sehr unflätig, verlangte Geld oder aber sie würde das Kind bei Hetzels einfach vor die Tür setzen.

Katharina, die sich bisher zurückgehalten hatte, meldete sich plötzlich zu Wort. In aller Ruhe sagte sie zu ihrem Ehemann Emile:»Mein Vorschlag ist: ich übernehme Daniel.« Und zu Lisette gewandt:»Lassen Sie das Kind hier, damit Sie es nicht vor den Türen anderer Leute aussetzen müssen und danach verschwinden Sie sofort!« Damit öffnete sie die Tür, mit einer entsprechenden Handbewegung entließ sie die Kölnerin mit den Worten:»Dass Sie sich ja nicht noch einmal hier blicken lassen!« Die Familie stand stocksteif da. »Was sollen die Leute denken?«, rang sich schließlich die Mutter mühsam ab.

»Die Leute!? Damit ist dies jetzt mein erstes Kind, von wem es auch immer stammen mag.«

In der nächsten Zeit sah man Katharina, die junge Frau Hetzel, mit einem kleinen Jungen im Kinderwagen oder auch an der Hand im Städtchen umhergehen. Die lieben Nachbarn und Mitbewohner tuschelten hinter vorgehaltener Hand. Da hatte doch tatsächlich die Kathrin Weißgerber ein Kind gehabt. Das hätten sie alle gut verschwiegen und wunder wie artig war die Kathrin dargestellt worden. Das war doch nicht zu fassen. Katharina hörte nichts oder wollte nichts hören.

Bald zog sie auch nach Köln, wo Daniel von ihr über den Kasernenhof geschoben und bald mit den jungen Rekruten schäkerte und gut Freund wurde. Die Damen der Stabsoffiziere hatten ihre Bonne und fuhren ihre Kinder nicht selbst spazieren.

Ein Jahr später brachte Katharina einen Peter zur Welt. Dieser hatte bald einen wilden Krauskopf, entwickelte sich aber zu einem gutmütigen Kerlchen. Emile hatte nun für zwei Kinder zu sorgen, aber seine Katharina war eine gelernte Hausfrau und sie fand es immer noch besser, als wenn ihr Mann vom Gericht zu einer Geldzahlung für diese liederliche Mutter verurteilt worden wäre. Außerdem konnten die zwei Buben bald miteinander spielen und es gab viel Spaß in der Familie. Allerdings hatte man wegen dieses doppelten Nachwuchses von den Abwechslungen, die die lebenslustige Stadt Köln bot, nur sehr wenig Genuss. Emile hatte sich entschlossen, bis zum Jahre 1917 beim Militär zu bleiben. Er hätte dann eine 12jährige Dienstzeit absolviert. 1917 fand er sich jedoch, wie alle anderen Männer der entsprechenden Jahrgänge an der Front. Er hatte schon an verschiedenen Abschnitten gekämpft, während Katharina mit inzwischen drei Buben zu den Eltern nach Mechernich zurückgekehrt war. Hier in dem kleinen Eifelstädtchen konnten die Hausgärten noch bepflanzt werden, in den Höfen bestand die Möglichkeit, Hühner, Tauben und andere Kleintiere zu halten, gute Zugaben für die mageren Kochtöpfe.

Sein Vetter Josephe in Hamborn war ebenfalls schon Soldat. Regina-Margarethe, von der Handelsschule abgehend, arbeitete im Notdienst in der Spedition einer der großen Fabriken, die ja das gesamte Bild des Ruhrgebietes bestimmten. Als der Krieg ausbracht, war sie gerade neunzehn Jahre alt gewesen. Sie hatte einen heimlichen Verlobten, der verwundet in einem Lazarett lag. Ihre Mutter bekam natürlich Wind davon, im katholischen Frauenverein wusste jeder alles.

Dabei hatte Regina-Margareth ihn im Kirchenchor kennen gelernt. Sie hatte eine schöne, helle Sopranstimme und war dem Chor beigetreten. Es war außer dem Gesang für sie noch die Möglichkeit damit verbunden, manchmal aus dem Hause zu kommen, wenn der Chor zu einem Austausch- oder Wettsingen fuhr. Ihre Mutter Marie-Barbe hatte sich vorgenommen, den Erwählten ihrer Tochter im Lazarett zu besuchen und ihn zu begutachten. Dafür musste sie nach Bückeburg fahren. Als sie den dortigen Krankensaal betrat, suchte sie mit den Augen die Namensschilder ab, die über den Betten angebracht waren. Links hinten in der Ecke bemerkte sie die schwarze Tafel mit seinem Namen und Dienstgrad. Von dem Kranken selbst war nichts zu sehen, weil sich gerade eine Krankenschwester über ihn beugte, die sein Gesicht umfasst hielt und ihn herzhaft küsste.

»Das genügt«, waren der Mutter Worte.

Die Schwester richtete sich auf und verließ sofort den Krankensaal. Die Kameraden rechts und links verbissen sich zumeist ein Lachen. Frau Greiner stellte sich vor und begehrte zu wissen, ob er Herr Assmann, der Verlobte ihrer Tochter sei. Als Heinz dies bejahte, erklärte die Mutter kurz, dass die Verlobung hiermit gelöst sei.

»Warum?«, stieß Heinz hervor. »Warum?«, wiederholte Frau Greiner, »ich habe ja gerade gesehen, wie verlobt Sie sind.«

»Aber nicht doch, Frau Greiner, das hat nichts, aber auch gar nichts zu bedeuten, Regina und ich, wir lieben uns und sind uns einig.«

»Und Ihre Krankenschwester, lieben Sie die auch?« »Nein«, antwortete Heinz gelassen.

»Es gibt ja wohl eine Reihe von Zeugen für Ihr treuloses Verhalten, ich untersage Ihnen daher, sich meiner Tochter noch einmal zu nähern.«

Zu Hause in Hamborn angekommen, suchte sie als erstes Frau Assmann auf und verlangte deren Mitsprache in der Verlobungsangelegenheit. Regina-Margarethe wurde nicht gefragt, was sie wolle, sie brach zusammen, ein zarter Mensch, durch mehrere Kriegsjahre völlig unterernährt. Sie sprach nicht mehr und war völlig in sich gekehrt und es schien auch nicht zu helfen, das Josephe auf Urlaub kam und Vater Adam den Geschwistern Karten für die Oper schenkte. Ja es entging ihr sogar, dass in der Oper neben ihr ein höchst attraktiver Mann in Feldgrau Platz nahm, der in der Pause und im Verlauf des Abends mit Josephe in angeregte Gespräche geriet und dass bei einem anschließenden Glas Wein in den »Moselstuben« ein Wiedersehen verabredet wurde.

Der Vater war recht erbittert und zum ersten Mal ernsthaft mit seiner Frau zerstritten.

»Was hattest du in Bückeburg zu suchen hinter dem Rücken deines erwachsenen Kindes?«

Scheinbar ohne jeden Zusammenhang hatte Marie-Barbe lediglich gesagt: »Wenn Hermann erst konfirmiert ist, werde ich mich um meine Rechte in der Kirche bemühen, kostet es, was es wolle.«

»Freilich, Marie-Barbe, tu das«, sagte Adam. »Tu das nur, es kostet Goldmark, die heilige Kirche lässt es sich gut bezahlen!«

Josephe stand in Frankreich an der Front. Überraschend für alle kam er bereits nach kurzer Zeit wieder auf Urlaub. Man hatte hoffen können, dass es eine freudige Ablenkung für die spannungsgeladene Familie war. Der Friede war ja wirklich gestört und Adam konnte sich den Vergleich seiner Frau mit der bösartigen Schwiegermutter nur schwer untersagen. Josephe spürte, dass etwas nicht stimmte und war froh, dass er nochmals für zwei Tage fort musste. In möglichst harmlosen Ton brachte er diese Erklärung hervor.

»Wohin?«

»Um es kurz zu machen, ich fahre nach Idar-Oderstein, wo ich ein Mädchen habe, das ich morgen heiraten möchte, d.h. auf dem Standesamt. Gustel hat aber keine Eltern mehr, wohnt bei Verwandten und so gedachten wir, die kirchliche Trauung hier abzuhalten.«

»Und da kommst du aus heiterem Himmel damit heraus?«

»Kann das nicht verschoben werden?«

»Kann leider nicht verschoben werden, es ist alles vorbereitet, habe Extraurlaub einreichen müssen, weil Gustel nämlich ein Kind erwartet.«

»Was?« Die Mutter setzt zu lautem, empörten Geschrei an: »Ist das Kind etwa von dir?«

Josephe lacht aber nun: »Ja, von wem sollte es denn sonst wohl sein?«

Adam, wie immer beschwichtigend: »Marie-Barbe, jetzt schweige, damit ich dich nicht verletzen muss.« Und zu Josephe:»Der Krieg ist keine gute Zeit zum Heiraten, wenn aber ein Kind unterwegs ist, so fahre jetzt zu deiner Braut und stelle sie uns dann vor!«

Regina-Margareth fällt ihrem Bruder schluchzend um den Hals:»Warum darfst du jetzt heiraten und mir hat man meinen Heinz genommen!«

Dieser nimmt seine Schwester behutsam in den Arm und flüstert ihr zu:»Hättest du rechtzeitig ein Kind gekriegt, hätten sie dich heiraten lassen müssen, diese Weiber!«

»Ein Kind, wie hätte ich das vielleicht machen sollen?«

Jetzt war Margereth aber wütend, Josephe lacht schon wieder:»Wenn Gustel kommt, dann musst du sie mal fragen!«

Mit lauter Stimme wird vom Flur verkündet, das es geklingelt hat. Im allgemeinen lauten Gerede flüstert der Bruder seiner Schwester gerade noch ins Ohr:»Weißt du eigentlich, dass Papa gar nicht mein Vater ist?«

Margareth, nun schockiert:»Wie kommst du denn darauf? Das gibt es doch gar nicht!«

»Doch das gibt´s.«

Josephe scheint nicht sehr erschüttert zu sein.

»Es ist alles mit der Beschaffung der Urkunden herausgekommen.«

Der Neuankömmling, der geklingelt hat, betritt die Wohnung.

»Ach, das ist ja Carl, komm herein, Carl.« Josephe stellt vor:»Das ist Carl Kraft.«

Carl Kraft, Degen an der Seite, EK auf der Brust, macht seine Verbeugungen. Klapp, Klapp machen die Stiefel, er begrüßt, wie man feststellt, Margareth schon vertraut. Diese wischt sich verstohlen die Tränen ab, bringt ein Lächeln zustande.

»Gehören Sie zu einer Einheit?«

»Nein, Papa, wir haben uns im Theater kennen gelernt, während des letzten Urlaubes. Carl ist der eine Trauzeuge.«

»Aha.«

»Carl, bist du bereit, mit mir die Braut heimzuführen?«

»Ay, ay Sir.«

»Also gehen wir.«

»Und wie sollen wir das mit dem Essen machen?« Die Hausfrau kommt wieder zum Vorschein. »Bärbele, ziehst du nicht heimlich in der Waschküche das Säule auf? Dann können die zwei Herren hier ja einmal blank ziehen und kurz entschlossen für den Braten sorgen. Den Wein hoffe ich doch, werden die zukünftigen Verwandten von der Nahe mitbringen – wenn´s auch nicht gerade der Beste ist«, fügt Vater Adam im Stillen hinzu. Die zwei Feldgrauen, die, wie man vielleicht ahnt, demnächst zu einer Familie gehören werden, sind schon im Hinausgehen, als die Mutter ruft: »Ist Pfarrer Kießling denn wenigstens unterrichtet?«

»Unterrichtet ist Pfarrer Münch«, ruft Josephe zurück, »er ist ja hier schließlich der evangelische Geistliche.« Es sah wirklich so aus, als wollte sich seine Mutter auf ihn stürzen, als Carl Kraft unerwartet sagt: »Ich bin katholisch erzogen.« Es herrschte einen Augenblick Stille. Carl lächelte Regina-Margarethe zu. Ihn störte es nicht, dass sie im evangelischen Kirchenchor sang. Er hatte für einen Augenblick ein Bild der Front vor sich. »Die sollten das mal sehen«, dachte er flüchtig, »wer fragte dort nach evangelisch oder katholisch?« Aber das Bild wurde bereits durch ein anderes, ein ganz anderes abgelöst.

»Sollen wir tatsächlich ein Schwein mit dem Seitengewehr abstechen?«

»Ja sicher, wir haben doch kein anderes Schlachtermesser!« Scheinbar völlig unpassend fügt Josephe hinzu: »Kinder der Liebe«. Wer diesen blödsinnigen Ausdruck wohl geprägt hatte? »Was mich betrifft, ich möchte nur Kinder aus Liebe haben.« Carl pflichtete ihm bei. Der Ausdruck war am Niederrhein und in Westfalen unbekannt. Jedenfalls in diesem Sinne.

Eine kleine Gesellschaft war, bepackt mit Wein, im Greiner´schen Hause eingetroffen. Das Brautpaar in aller Frühe im Rathaus zu Idar-Oberstein getraut, war noch in Festkleidung, das heißt: die Braut. Der Bräutigam trug Feldgrau, Gustel das übliche schwarze Taftkleid, in dem sie tatsächlich im Zuge angereist kam. Es hatten zwar eigentlich die weißen Bräute das Feld erobert, aber im dritten Kriegsjahr wurde doch allgemein um schwarze Seide gebeten im Hinblick auf die vielen Gefallenen und die um sie trauernden Frauen und Bräute.

Sich etwas frisch zu machen war nun unumgänglich. Dann

116

begannen Regina-Margarethe und ihre Freundin Elisabeth, die füllig und lustig war und mit ihr zusammen die Handelsschule besucht hatte, Gustel für die Kirche zurechtzumachen. Gestärkt mit einem Schluck Wein begaben sie sich dann alle dorthin, wo Pfarrer Münch das Zeremoniell recht kurz, aber langweilig vollzog.

Hermann, der Jüngste, der sich vorwiegend für das Kreuz auf Carls Brust interessierte und seine Schulfreundin Mathilda, die Tochter der Hebamme, sollten die Blumen streuen, die, im Garten hinter der Unterführung geköpft, bald etwas armselig und zertreten den Mittelgang der Kirche bedeckten. Man war erst gelöst, als man in enger Gruppierung um die zwei aneinander gerückten Tische saß, die festlich gedeckt nicht erkennen ließen, dass einer von ihnen der Scheuertisch aus der Waschküche war. Der etwas kratzige Nahewein machte, dass die Gesellschaft sehr bald auftaute, auf Du und Du trank und dem herrlichen Schweinebraten zusprach. Lediglich Carl mochte nicht essen. Das junge Schweinchen vor Augen, grauste es ihn. Auch wäre ihm ein kühles Bier lieber gewesen.

Die Braut sah hübsch aus. Sie hatte einen rosigen, gesunden Teint. Lediglich war zu bedauern, dass dieser sich auch sehr stark der Nase bemächtigt hatte. Carl, der die Umgebung studierte, bemerkte es. Er verglich Gustel mit Josephes Schwester Regina-Margarethe, die es ihm angetan hatte. Gegen alle Vernunft, wie er sich zugestand, denn eigentlich hatte er nicht die Absicht, im Krieg zu heiraten, war jetzt aber außerordentlich verliebt. Einmal fing sie einen Blick von ihm auf und senkte, wie anders konnte es sein, ihre Augen. Pfarrer Probst von der Metzer Garnison hätte hier seinen berühmten alten Spruch anwenden können. Wie lautet er doch?

Ein Mann mit Ziehharmonika war jetzt plötzlich aufgetaucht. Auf dem Flur wurde getanzt. Doch war es bald Zeit für den Zug, und als jemand ein trauriges Soldatenlied anstimmen wollte, erschien es Adam angebracht, die Feier zu beenden. Mutig sagte er deshalb: »Herrschaften, es ist jammerschade, aber die Eisenbahn wartet nun einmal nicht!« Bedauernde Rufe, allgemeiner Aufbruch, Umarmungen, man würde sich besuchen.

Carl, der nur noch zwei Tage Zeit hatte, wollte seinen Vater, der in Ruhrort lebte, noch kurz besuchen. Zwar verachtete er ihn insgeheim, aber er war nun einmal der Vater. Im allgemeinen Durcheinander schlängelte er sich plötzlich zu Adam Greiner durch. Es gab eine knappe Verbeugung und einige schnelle Sätze, von Adam aufmerksam aufgenommen. Er dachte kurz nach und nickte dann, ehe er von anderen Gästen mit Beschlag belegt wurde.

Josephe und Gustel gingen in die Nebenstraße gleich um die Ecke, wo Josephe ein winziges Haus gemietet hatte. Sinnigerweise lag es direkt gegenüber dem der Hebamme, der es auch gehörte. Die anderen begaben sich alle zusammen zur Straßenbahnhaltestelle, begleitet von den Gastgebern.

Carl hakte sich bei Regina unter. Sie blieben etwas zurück. Er verhielt einen Augenblick, sah das verehrte Mädchen an und sagte:»Regina, Königin und besonders die meines Herzens, da ich nicht viel Zeit habe, muss ich es kurz machen. Vom ersten Augenblick an, dort im Theater, habe ich dich gemocht und nun liebe ich dich schon sehr. Bitte, werde meine Frau!« Regina-Margarethe, die es ja längst wusste, sie wäre ja sonst keine Frau gewesen, fühlte sich jetzt doch etwas plötzlich vor eine Entscheidung gestellt. Sie atmete einmal tief durch.

»Ja, ich…«, stotterte sie und dachte, dass sie ihm etwas mitteilen müsste, nämlich von der heimlichen Verlobung mit Heinz, die gerade Dank zweier Mütter in die Brüche gegangen war. Carl wusste schon alles, Josephe hatte geplaudert, sehr entrüstet übrigens, aber er fand es besser, dies zunächst einmal für sich zu behalten. Mochten sie später einmal darüber sprechen.

»Kann ich vielleicht noch einmal darüber nachdenken?«, antwortete Regina jetzt fragend.

»Gewiss, aber bitte nicht zu lange, muss übermorgen an die Front zurück. Ich komme also morgen noch einmal wieder, um mir die Antwort zu holen.« Aufatmend fügte er hinzu: »Nun ist es also heraus, wie wäre es jetzt mit einem Kuss?« Sie bot ihm ihre Lippen, weich, zart und geschlossen. Er küsste sie mit einem schmalen, strengen Mund. Er war die Korrektheit in Person.

Am nächsten Tag gingen sie auf Reginas Vorschlag an den Rhein. Sie hatten die lange Unterführung zu passieren. Regina hatte diesen Vorschlag auch noch aus einem anderen Grunde gemacht. In der letzten Zeit waren ihr in Hermanns Turnbeutel häufig nasse Badesachen aufgefallen. Sie hatte sie gewachsen und getrocknet und vor der Mutter verborgen. Dann hatte sie sich den kleinen Bruder vorgenommen, um ihn zu ermahnen. Er solle nicht mehr im offenen Rhein zum Baden gehen, da es wegen der starken Strömung zu gefährlich sei. Hermann hatte erklärt, dass er mit Mathilda, seiner Schulgefährtin, in einen Schwimmverein ginge, der im Rhein eine Badeanstalt hätte. Diese Badeanstalt wollte sie besichtigen, möglicherweise jedoch um das Gespräch mit Carl hinauszuzögern.

Carl fand ihre Idee zwar vernünftig, wartete aber ungeduldig auf ihre Antwort. Nachdem sie sich von der Badeanstalt überzeugt hatten, eine Art Bucht in der Krümmung des Rheines, abgetrennt von der Strömung durch Maschendraht und Holzhäuschen, am Ufer eine Hütte zum Umkleiden. »1. Hamborn-Bruckhausener Schwimmverein 1905« war auf einem Schild zu lesen. Sie ließen sie sich auf einer Bank dort nieder.

»Sagst du nun ja, meine Liebste?« Etwas heftig kamen seine Worte. Halb saß er ja schon in Gedanken im Zuge an die Westfront.

Ihr Vater, bei dem sie Rat gesucht hatte, war der Meinung, dass sie ihn lieben lernen würde, seines hohen Anstandes wegen. »Eben deshalb«, hatte sie auch gedacht und antwortete jetzt kurz entschlossen: »Ja, Carl, ich will.« Behutsam muss ich sein mit dieser zarten Frau, noch dazu, nachdem sie schon so gelitten hat. Er küsste sie auf die Lippen, die weich und unerfahren im Küssen waren. Doch danach begannen sie Pläne zu machen, wie es alle jungen Leute tun. Wenn der Krieg erst zu Ende ist! Natürlich würden sie sich schreiben. Er konnte ihr unmöglich erklären, wie es in einem Stellungskrieg zuging.

Sie schrieben sich viele Briefe, und im Oktober 1917 erhielt Carl Kraft Heiratsurlaub. Der Tag der kirchlichen Trauung fiel auf den 31.10., den Reformationstag.

Marie-Barbe zog ein Gesicht. Sie konnte den Mann nicht

verstehen, dass er diesen Tag gewählt hatte, da er doch katholisch war. Das Brautpaar hatte gar nichts gewählt, es hatte sich einfach so ergeben, der Kriegs- und Urlaubsverhältnisse wegen. Eine schöne Braut im schwarzen Kleid und weißen Schleier!

Doch fiel es wieder einmal schwer, ein gutes Hochzeitsessen, das zweite in einem Jahr, herbeizuschaffen. Also: Gemüse aus dem Garten! Der Metzger spendierte eine große Tüte Knochen für eine kräftige Brühe. Marie-Barbe machte Mengen ihrer lothringischen Mehlklößchen. Für den Braten hatten sie die glückbringende Idee wieder einmal nach Hochheide zu fahren, wo Madame Grohé immer noch nahe der Zechenhalde ihr Häuschen hatte. Sie war jetzt eine alte Frau und auf einem Auge erblindet. Aber immer noch kregel, hatte sie im Nu zwei Stallhasen besorgt. Zum Nachtisch gab es Apfelkompott aus rotwangigen württembergischen Äpfeln. Lothringische Mirabellen kamen schon lange nicht mehr.

24. Kapitel

Stattdessen war aus Lothringen die Schwester Marguerite fast immer im Haus. Gotthilf war vom Gerüst gestürzt und hatte sie nach langem Krankenlager in einem Hospital für immer verlassen. Mit Beginn des Krieges hatte die Witwe daher ihre Zelte abgebrochen. Im Auf- und Einmarschgebiet war sie von Angst ergriffen worden, insbesondere, da die Mutter verstorben und begraben war. Das ererbte Haus aus Montigny stellte sich als vernachlässigt und völlig unbewohnbar heraus. Christines Ehemann hatte das auf dem Gewissen. Nun lebte Marguerite allein in einer eigentlich viel zu großen Wohnung im gleichen Stadtteil wie ihre Schwester, hielt sich aber fast immer im Greinerschen Hause auf, noch viel häufiger in der Kirche, wo sie dem dritten Orden treu blieb.

Jedenfalls konnte sie jetzt einmal mit Hand anlegen, wenn ihr Patenkind heiratete.

Klein Hermann, der Jüngste, der im Sommer eifrig mit Mathilde beim Schwimmen gewesen war und dabei auch Turmspringen geübt hatte, betrachtete hingebungsvoll Carls Uniform mit dem Kreuz auf der Brust.

Gustel war die Schwangerschaft jetzt schon sehr deutlich anzumerken. Ihre Schwiegermutter, Marie-Barbe Greiner, hatte bei Überraschungsbesuchen in ihrem Häuschen festgestellt, dass ihre Schwiegertochter träge war. Regelmäßig hatte sie Gustel mit einem Roman in der Hand im Bett liegen angetroffen. Ob sie krank sei, hatte sie sich nicht versagen können zu fragen, und eifrig versucht, sie auszuforschen. Gustel blieb jedoch einsilbig, kam auch selten ins schwiegerelterliche Haus, es sei denn, sie wurde aufgefordert, bei irgendetwas zu helfen. Das tat sie dann allerdings in der gleichen, ihr eigenen Art. Auflehnung schien sie nicht zu kennen. Das war auch so bei Carls und Reginas Hochzeitsfeier, die ohnehin unter einer gewissen Spannung stand.

Die Familie des Bräutigams, einstmals groß, bestand aus dem Vater, zwei Brüdern und einer Schwester. Nachdem sich alle am Essen gütlich getan hatten, begannen sie, die Braut nach ihrer Mitgift auszufragen in einer Weise, die Carl unangenehm war. Mit Erbitterung betrachtete er seinen Vater, der seine, Carls Abwesenheit dazu benutzt hatte, seinen besten Anzug zu verkaufen. Hatte er wohl gedacht, dass der Sohn aus dem Kriege nicht wiederkäme? – Auch tranken die Herren Kraft sehr viel.

Die stille Gustel gebar Anfang 1918 Zwillinge. Offensichtlich hatte sie sich also nicht wohlgefühlt.

So fühlte sich der Jungvermählte fast erleichtert, als er sich wieder im Zug an die Westfront befand, die in Wirklichkeit sein derzeitiges Zuhause war. Da er aber nun eine Frau hatte und eine Familie gründen wollte, konnte er nicht mehr so fatalistisch denken wie zuvor. Trotzdem ging er wie immer aufrecht ins Gefecht, in der schrecklichen Schlacht bei Cambrai, in der die Briten das erste Mal Tankerfahrzeuge einsetzten – und zwar in Massen.

Dieses Mal hatte sein Hauptmann von hinten gerufen: »Kraft! Hinlegen, hinlegen!« Er hingegen hatte sich einem verwundeten blutjungen Franzosen genähert, der, die Hand am Abzug eines Maschinengewehrs, aus einer Bauchwunde heftig blutete.

»Bursche«, hatte Carl gesagt, »nimm die Hand vom Abzug, sonst schieße ich«, und dabei einen Griff nach der Pistole getan. »Ich will dir doch nur helfen.«

Der junge Soldat hatte feindselig auf ihn geblickt. Sie verstanden sich nicht, aber der Sanitätsoberfeldwebel Kraft deutete auf seine Armbinde. Zögernd nahm der Junge die Hand vom Geschütz. Carl nahm ihn auf seine beiden Arme und trug ihn aufrecht gehend durch nachlassendes Feuer durch die Deutsche Linie zum Hauptverbandsplatz. Da sagte der Verwundete: »Merci, mon camerade.«

Diese Gedanken begleiteten Carl. Er glaubte allerdings nicht, dass er sich von nun an hinlegen könnte, wenn andere Menschen verbluteten.

In Hamborn geschahen unterdessen schmerzliche Dinge. Gustels beide kleinen Söhne starben, zuerst der zweitgeborene Zwilling, drei Wochen später der größere. Ihre Brüste waren versiegt. Sie weinte stille Tränen.

Josephe, für zwei Tage von der Front herbeieilt, schrie laut weinend. Adam schien zum ersten Mal in seinem Leben gebeugt. Seine Frau argwöhnte, dass die junge Mutter Gustel die Milch nicht richtig sterilisiert hatte. »Bei ihrer Faulheit«, wie sie insgeheim zufügte, da die Kinder an einer Darmerkrankung dahingegangen waren.

Regina-Margarethe, die in der Hochzeitsnacht, der ersten Nacht ihrer jungen Liebe, ein Kind von Carl empfangen hatte, lebte jetzt erneut in Angst. Vorsichtig betastete sie ihren Leib, als wollte sie ihn beschützen. Gustel schien zunächst unfruchtbar zu werden, bis sie nach langer Zeit eine Reihe von Kindern bekam, darunter wieder Zwillinge, Mädchen, die alle gesund waren.

Regina-Margarethe Kraft wurde im Hochsommer 1918 Mutter. Sie brachte ein entzückendes Mädchen zur Welt, braunäugig und schwarzlockig schien sie zu werden. Im elterlichen Hause, Frau Kraft bewohnte jetzt ihres Bruders Josephe Schlafzimmer, besonders aber bei der Großmutter Marie-Barbe zog große Freude ein, und die kleine Margot wurde ihr Hätschelkind in einer Weise, dass Adam manchmal Einhalt bebieten musste. Der Wermutstropfen kam mit der Vermisstenmeldung von dem jungen Vater. Seine Frau wurde wieder blass und traurig, nachdem sie in ihrer werdenden Mutterschaft aufgeblüht war. Eine sehr schöne Fotografie hatte sie ihm ins Feld geschickt. Diese zeigte sie mit dem Täufling im Arm, eine liebliche junge Mutter, ein ebenso reizendes Baby im langen, besticktem Taufkleid. Tante Marguerite hatte es in langer, mühsamer Arbeit hergestellt, weil Margot eigentlich eine Margarethe war. Es war dieses Bild, das Carl wohl das Leben retten sollte.

Einige wenige von der Einheit waren von ihrer Truppe abgekommen, als der Waffenstillstand ausgerufen wurde. Ganz plötzlich standen sie im Gelände einem Häuflein feindlicher Soldaten gegenüber, die mit ihren Gewehren herumfuchtelten und in einem etwas gutturalen Englisch auf sie einsprachen. Aus nächster Nähe wurde – es herrschte Waffenstillstand – auf die Versprengten geschossen und Carls Nebenmann war getroffen. Wütend fiel Carl den riesengroßen Mann vor ihm an.

»Es darf nicht mehr geschossen werden«, schrie er. Der Mann, ein britischer Kolonialsoldat, hatte, auch wenn er seine Sprache nicht verstand, wissen müssen, um was es sich handelte. Jedoch begannen die langen, fremden Männer nun damit, ihrem Gegner die Schulterstücke abzureißen und verlangten Geld und Wertsachen. Carl entfernte sein Ordenbändchen aus dem Knopfloch und reichte seine Brieftasche, die er aus dem Innern seines Uniformrockes zog. Sein Gegenüber verlangte jedoch als erstes den goldenen Trauring. Natürlich wollte Carl diesen nicht abgeben, deshalb drehte er ihn hin und her und bedauerte, dass er ihn nicht vom Finger bekomme, der schien zu dick zu sein.

Kurzentschlossen zog der Soldat sein Seitengewehr, um den Finger abzuschneiden. Nun glitt aber plötzlich in höchster

Geschwindigkeit der Ring vom Finger. Jetzt nahm sich der scheinbar absolut kaltschnäuzige Krieger die Brieftasche vor, entnahm ihr das Geld, sah dabei das Taufbild von Regina mit Margot auf dem Schoß.

»Dein Kind?«, fragte er auf Deutsch.

»Ja«, war Carls kurze Antwort.

»Wie alt ?«

»Drei Monate« – Der Mann gab ihm das Bild zurück, behielt jedoch alles andere.

»Hau ab !« sagte er, dabei verpasste er Carl einen solchen Tritt, dass dieser eine Art Hechtsprung über einen Stacheldraht machte. Auf diese Art landete er in britischer Gefangenschaft. Den Kameraden ging es ähnlich. Sie waren noch fünf, der sechste blieb tot am Boden liegen.

Die Engländer hatten selbst sehr wenig zu essen. Die Aufseher der Gefangenen waren Iren und versuchten vorsichtig, ihnen mitzuteilen, dass sie als Iren nichts gegen die Deutschen hätten. Die Deutschen, vielleicht auch die Gegenseite, verstanden die Welt nicht mehr. Gottlob durften sie bald schreiben und ihre Familien benachrichtigen. Im November erhielt die junge Frau Kraft eine kurze Nachricht, eine Postkarte, aus der hervorging, dass ihr Mann sich in einem britischen Gefangenenlager im Norden Frankreichs befände.

Carl blieb nicht lange im Lager. Da er dort nichts zu tun hatte, meldete er sich freiwillig zur Arbeit. So schickten sie ihn ins Lazarett, wo er sehr nützlich war. Es lagen dort Angehörige verschiedener Nationen, Freund und Feind nebeneinander. Carl lernte manche ganzen Sätze in den fremden Sprachen, eine äußerst nützliche Sache, wie er in späterer Zeit feststellte.

Regina-Margarethe Kraft stand an der Tür, um den Briefträger abzuwarten. Mit zwei Briefen erschien sie bei der Mutter in der Küche.

»Von Emile hört man wohl gar nichts?«, meinte Marie-Barbe.

Ihre Tochter riß gerade einen Brief auf. »Kommt von Katharina« ‚sagt sie.

»Was schreibt sie?«

»Sie schreibt«, so Regina, den Brief überfliegend, »Emile ist bei den Franzosen in Gefangenschaft, es gehe ihm gut, habe er mitgeteilt, aber Katharina hat das Gefühl, daß es nicht ganz stimmen könne.«

»Warum nicht?«

»Marie-Barbe ist Emile sehr zugetan, wie man weiß.«

»Kommt Katharina zurecht mit ihren drei wilden Buben?«

»Nun ja, sie ist ja auch bei den Eltern«.

»Ihrem Vater ginge es nicht gut, eine Nierengeschichte! Wahrscheinlich von zuviel Steckrüben«, liest Regina weiter.

Marie-Barbe seufzt: »Er lebt, Gott sei Dank«

Ihre Tochter beschäftigte sich jetzt mit dem zweiten Schreiben. »Es kommt von Carl. Sie haben wenig zu essen, wie alle, aber sonst eine anständige Behandlung. Es wäre die Rede davon, daß im November 1919 die Entlassungen beginnen sollten.«

Nach Carls Meinung lag Deutschland in Schmach und Schande.

Tatsächlich war nach Augenzeugenberichten bewiesen, dass während der Friedensverhandlungen wegen der Schmähungen eines ehemaligen Kriegsgegners ein hoher britischer Offizier den Sitzungssaal verlassen hatte, da es ihn ekelte anzuhören., was dort gesprochen wurde.

Klein-Margot hatte ihren ersten Geburtstag schon hinter sich, als sie ihren Papa kennenlernte. Sie blieb fortan das Großmutterkind für alle Zeiten.

Das junge Paar fand eine Wohnung im nördlichen Duisburg, und Carl nach mühseligem Suchen eine Anstellung in einem Büro der Ruhrorter Hafenanlagen.

Josephe, der als erster nach Hause gekommen war, ging ins Werk zu seiner alten Stelle.

Emile, sehr abgemagert begann in Mechernich in der Bleimine zu arbeiten, ohne aufgeklärt zu sein, wie schädlich der Aufenthalt in der Nähe von Bleimetallen werden konnte.

In der Gefangenschaft hatte er auch nicht gerade eine Erholung gefunden, besonders, da er Lothringer war – andererseits jedoch konnten sie ihn als Dolmetscher gebrauchen, was ihm einige Vergünstigungen eingebracht hatte.

Die Stelle im Hafenbüro war für Carl ein Notbehelf, es gab kaum Chancen, es zu etwas zu bringen.

Er bewarb sich deshalb heimlich bei einem neu aufgestellten Freicorps in Schlesien, da er es vorzog, wieder Soldat zu sein. Die Antwort kam umgehend. Man konnte ihn gebrauchen und würde ihn sofort einstellen. Seine junge Frau, diesen schon äußerlich seltsamen Brief misstrauisch betrachtend, öffnete ihn. Sein Inhalt erschreckte sie maßlos, und sie verbrannte ihn sofort. Carl wunderte sich, dass seine Bewerbung scheinbar unbeantwortet blieb, wagte aber keinerlei Fragen, da er ja, ohne sich mit Regina zu verständigen, diesen Schritt getan hatte. So war es zu einer ersten Heimlichkeit zwischen den Jungvermählten gekommen, die zwar verliebt und auch von gegenseitiger Hochachtung waren, aber auch jeder für sich einen Trotzkopf hatten.

Spannungen blieben daher nicht aus. Erst Jahre später rückte Carl mit der Wahrheit heraus. Inzwischen hatte Regina ihn wohl verstanden.

Sie schenkte ihrem Mann zwei weitere hübsche und sehr begabte Töchter. Ein ersehnter Sohn blieb ihnen versagt.

Die Großeltern Greiner waren ihren Enkeltöchtern sehr zugetan. Marie-Barbe triumphierte. Diese Kinder waren, weil alle ehelich geboren, ihrer Meinung nach besonders wertvoll. Großvater Adam liebte besonders die zweite, Isabell, nicht wegen der ehelichen Geburt, sondern wegen ihrer Ähnlichkeit mit seiner einstmal heißgeliebten Mutter in Süddeutschland, ihrem Aussehen, ihren Farben und wegen ihrer süßen Singstimme. Die Enkelin erwiderte diese Zuneigung. Der Großvater wurde in jedem Fall ihrer Zuflucht und der Erfüller geheimer Wünsche, zum Beispiel der Kauf einer neuen Schülermütze, wenn die von Margot bereits ein Jahr getragene zu abgenutzt und nach Großvaters Meinung des guten Zeugnisses nicht würdig war.

Margot und Isabell, die fest geglaubt hatten, im Schloss Hohenwiesen das Bild ihres Großvaters gesehen zu haben, konnten als junge Frauen, modern aber äußerst altmodisch erzogen, wenn es sich um die Liebe handelte, die Geheimnistuerei nicht verstehen. Sie brachten ihre Mutter dazu, ihnen diese Geschichte endlich zu erklären. Ihre Herzen blieben dem Großvater unverändert zärtlich zugetan. Der Großvater väterlicherseits, den sie allerdings auch selten sahen, hielt keinem Vergleich stand.

Isabell war längst mit ihrem Hans verheiratet, als bei einer seiner Dienstreisen nach Waldkirchen – sie begleitete ihn manchmal – ihr Blick auf einen Wegweiser fiel. So erhaschte sie im Vorbeifahren die Ortsbezeichnung »nach Oberenz«.

»Hier ist mein Großvater geboren«, rief sie erfreut aus.

»Ach ja, was machte er denn dort?«

»Er ist in einer Mühle aufgewachsen, wie deine Mutter«, erklärte sie ihrem Mann.

»Und diese hässliche Ziegelmauer, an der wir gerade vorbeifahren?«, fragte dieser.

»Dahinter liegt das ebenso hässliche Schloß Hohenwiesen, von dort stammt er eigentlich, mein Großvater«, plauderte Isabell weiter, »er war nämlich ein Kind der Liebe!«

»Was heißt das denn nun wieder?«

»Nun, dieser Ausdruck bedeutet einfach: unehelich, seine Mutter arbeitete dort im Schloß als Köchin, eine Art Kaltmamsell, na ja ...«

Ihr lieber Mann warf ihr einen Blick zu, soweit das Autofahren es zuließ. Dann lachte er schallend. Amüsiert und mit schmalen Augen fügte er hinzu: »Weiß ich doch jetzt endlich, was mich so für dich eingenommen hat: Ich bin mit einer Adeligen verheiratet.«